Copyright © 2022 de R. Colini
Todos os direitos desta edição reservados à Editora Labrador.

Coordenação editorial
Pamela Oliveira

Assistência editorial
Leticia Oliveira

Projeto gráfico, diagramação e capa
Amanda Chagas

Revisão
Bonie Santos

Imagem da capa
Ekaterina Pushina adaptada por Amanda Chagas

Dados Internacionais de Catalogação na Publicação (CIP)
Angélica Ilacqua CRB-8/7057

Colini, Roosevelt
  Curva do rio / Roosevelt Colini. — São Paulo : Labrador, 2022.
  224 p.

  ISBN 978-65-5625-232-2

  1. Ficção brasileira I. Título

  22-1756   CDD B869.3

Índice para catálogo sistemático:
1. Ficção brasileira

Editora Labrador
Diretor editorial: Daniel Pinsky
Rua Dr. José Elias, 520 — Alto da Lapa
São Paulo/SP — 05083-030
Telefone: +55 (11) 3641-7446
contato@editoralabrador.com.br
www.editoralabrador.com.br
facebook.com/editoralabrador
instagram.com/editoralabrador

A reprodução de qualquer parte desta obra é ilegal e configura uma apropriação indevida dos direitos intelectuais e patrimoniais do autor. A editora não é responsável pelo conteúdo deste livro. Esta é uma obra de ficção. Qualquer semelhança com nomes, pessoas, fatos ou situações da vida real será mera coincidência.

*Entrego este livro à Magna,
pois dela é tudo que escrevi
e escreverei.*

prefácio

NUNCA E SEMPRE E TANTO

Um aviso ao leitor: este é um livro intenso.

Esta obra, que pretendeu ser um relatório de perdas, surpreende ao se tornar paulatinamente um livro de encontros. O autor trata de descobertas. Todas carregadas de alguma dor, moto e fio condutor da narrativa. É um livro doloroso, regido pela coragem das confissões da personagem. É quase como se a protagonista conversasse com o seu diário, na certeza de que tudo seria apenas o registro mais íntimo e nunca levado a público.

Numa cronologia arquitetada, a protagonista se apresenta, porém, mais que isso, representa. Uma época, com seu estilo, suas circunstâncias e suas contingências. É como um sobrevoo da geografia social de um povo, pontuando ambientações específicas.

A linguagem é preciosa. O tom é vigoroso. A construção, certeira. Roosevelt Colini Luz mergulha nos pontos mais profundos das relações humanas com a quase onisciência de quem as viveu.

A protagonista é uma solitária, no sentido estrito do termo. Vive com pessoas e com elas quase não consegue conviver — como se exemplifica pela depressão pós-parto em que a filha se lhe assemelha a uma intrusa. Falta-lhe solo firme. Entra aí, cinematográfico e simbólico, o trecho lodoso do leito do rio quando as águas se recolhiam, na seca, e onde ela desenhava, menina ainda, com um graveto, garatujas de um quem sabe vislumbre do futuro. A curva do rio é a âncora da protagonista. O seu lugar, a sua remissão imaginária ao núcleo idealizado de onde viera. E, de novo, cinematograficamente, volta e meia surge a imagem de pessoas indo embora. Delas, a protagonista só registra duas coisas: as costas e a progressiva diminuição de tamanho, na proporção inversa do quadrado das distâncias. Visual ou figurativamente. Pesco uma frase da personagem: "Eu tinha uma relação complicada com os lugares onde vivia". Mas completo com outra: "Eu nada devia a ninguém, mas faltava a certeza de pertencimento, como se tivesse algo de provisório em meu cotidiano, como quem sai para uma viagem com o sentimento de que esqueceu algo em casa".

E ela prossegue, ao longo do livro, a busca pelo pai, que não é só a busca pelo pai. É a procura da protagonista por sua identidade, a metáfora, enfim, da tentativa de toda pessoa de se encontrar. Encontra, crê que encontra, duvida que encontra, resigna-se que encontra. Em dado momento, entra em uma transição mítica marcada pelo sonho. Ela segue como o rio de sua terra, que seca e se enche de novo. É um avançar e um retroceder. É um exercício racional contrastado pelos ataques bruscos de emoção e de questionamentos. Muito humano, muito natural.

Encontra o pai. Mas perde algo. Depois ganha algo. Sua história vem e vai em ondas de força e fraqueza, alternadas ou misturadas como a vida é mistura e alternativa. No meio de tudo, o tempo, o inexorável senhor do destino. E o tempo, o psicológico e o cronológico, é um elemento literário com o qual lida muito bem o autor deste livro. Talvez o tempo da memória seja outro ponto estacionado, ancorado, na curva daquele rio.

O livro de Colini explora a alma das pessoas. E, de quebra, ainda consegue explicar um pouco do que é o Brasil. O de ontem, que em muito se parece com o Brasil de hoje. Porque, como lá no rio, a curva está no mesmo lugar.

Joaquim Maria Botelho

Escritor, ensaísta, jornalista e mestre em Literatura e
Crítica Literária pela Pontifícia Universidade Católica de São Paulo.
Presidiu por dois mandatos a União Brasileira de Escritores.

Nunca. Esse é um tempo que uma criança não pode entender, e que até hoje eu tenho me recusado a aceitar.

Nunca mais — era o que minha mãe dizia —, era a distância que só fazia crescer desde a última vez que vi meu pai. Talvez, mesmo agora, em que tenho esse homem ao meu lado, a iminência das coisas definitivas seja real, porque o reencontro pode ter sido uma ilusão. Talvez minha mãe estivesse certa quando aceitou que a vida tinha que ser assim: nunca mais.

Uma menina de nove anos não pode entender as coisas derradeiras. Ela retém para toda a vida a imagem que jamais desvanecerá: aquela do homem que partiu. É cedo para ela compreender que o pai foi obrigado a consumar a renúncia que não desejava.

Eu ainda vejo o vulto de papai se distanciando, contrariado e pequeno, cada vez menor, vergado sob o peso dos vencidos que baixam os olhos ante as ruínas de uma guerra perdida.

Sempre, apesar de tudo o que aconteceu comigo, me acompanhará a visão do homem solitário cujo vulto se apequenava no horizonte até que meus olhos não o percebessem mais. Os meses que se seguiram, repletos de angústia infantil, foram marcados pelo sentimento de ausência provisória, porque acreditava que um dia meu pai faria o caminho de volta.

Sempre. Esse é o tempo que me coube. E para que esse tempo me coubesse, durante muito tempo em minha existência omiti as reflexões sentimentais, pois acreditava que só poderia chegar aonde eu queria através da crença inabalável na razão, no esforço sem concessões e na liberdade das escolhas.

Talvez eu tenha ficado de alguma forma aleijada de emoções, mas seria necessário ainda um longo tempo para que eu lançasse esse tipo de reflexão sobre mim mesma. Um tempo sem interrupções, ocupada com os enfrentamentos diários e com raros momentos de paz.

Como ponto de partida para revisitar a minha vida, iniciei pelo meu pai. Tentei pensar no tipo de sentimento que o guiava naquela tarde de sol forte demais, porque, até então, eu lembrava dele como uma cena de filme: a imagem que eu guardava era a de seu vulto se distanciando. E o que ficava era a aflição feita de impotência que eu sentia aos nove anos. Poucas vezes me perguntei, como faço agora: como ele deve ter se sentido?

Lembro-me que ele não olhou para trás; acho que eu acreditava que essa era a maneira certa de agir, porque, naquela idade, só podia me guiar pela verdade dos meus pais. Os pais são sempre sábios. Eu pensava assim porque ninguém jamais me explicou por que foi que ele não olhou para trás. Hoje sei que, de costas para mim e para minha mãe, era impossível decifrar o que se passava em seu rosto. Dessa forma, ele cuidava de nós pela última vez, nos poupando.

Eu não sabia o que fazer, se aquela sensação doída deveria se refletir em choro, lamento ou perguntas. Para tentar entender, persegui minha mãe durante dias, meus olhos interrogando sobre o que deveria ser feito. Mas ela não suspirou, não chorou, e nas coisas cotidianas que ela fazia, parecia que tinha mais vontade do que antes de ele partir. Minha mãe não sabia ler. Eu conhecia os números, mas ainda não lia. Fantasiava escalas numéricas para medir a intensidade das coisas.

— Quanto vale o amarelo? — perguntava papai, apontando para o cachorro amarelo.

— Seis.

— Tadinho, filha, só seis para ele?

— Mas o Arrudiado é oito; dele gosto mais.

— E se juntar os dois, quanto é que dá?

Ele ria-se com a pergunta que disparava de surpresa e me obrigava a um esforço grande demais; e eu tinha que rabiscar, onde pudesse, os pauzinhos com as quantidades.

— E a malhada, filha, é quanto?

— É um.

— Um é conta fácil demais. Mas ela não valia mais?

Malhada era uma cabritinha, da qual eu gostava e que atormentava quando era filhote, mas que, ao crescer, fedia muito, e um dia me jogou longe com uma cabeçada. Eu reduzi seu valor.

No ano em que papai partiu, a nossa criação foi reduzida a zero. Perdemos duas vacas, a mula e o único porco, que foi quase a última coisa que tivemos para comer. Para esses, eu dera nota cinco, porque me eram indiferentes. Anos depois, lembrando-me dessa escala, achei que, dos poucos dez que eu daria para as pessoas, um seria para o sentimento do peso do mundo carregado nas costas do meu pai quando ele partiu. O outro eu dei para minha mãe, naqueles dias em que a perseguia e ela fingia tão bem nada sentir.

Os adultos choravam apenas em enterros. Uma coisa que me envergonhou, dois anos antes de papai partir, foi quando percebi seus olhos marejando quando me viu vestida de anjo — ele falava que era de princesa —, recebendo a primeira comunhão. Achei que todos, principalmente os pais das crianças que estavam comigo na cerimônia, perceberam a emoção do meu pai, e temi que fossem rir da cara dele.

Nos dois anos seguintes, as chuvas escassearam até que não choveu mais. Não adiantava mais queimar o roçado, coisa que eu gostava tanto de ver, as chamas altas, o cheiro de capim queimado e a fumaça densa e branca. Estava seca a curva do rio que passava em nosso sítio, e como toda novidade é boa para uma menina, no leito seco, eu ficava remexendo os pedaços de terra como se tirasse cascas de ferida, sob as quais a umidade escondia barro molhado, mais escuro do que o lado de cima, onde habitavam besouros, minhocas, tatuzinhos e cupins menores do que formigas, que eu tocava com uma vareta.

Quando já não havia o que fazer, além das rezas e procissões que, afinal, também se esgotaram, meu pai pegava na minha mão e saíamos caminhando pelo rancho, à toa, e ele contava suas histórias para passar o tempo, rabiscava no chão castelos imensos, com princesas e monstros.

— Vou para a cidade grande.

Ele falou olhando para a minha mãe, mas eu sabia que era para mim também. Na cozinha, a cuia de farinha quase vazia, o silêncio de mamãe não se quebrou, até que ele completou a frase atroz, que significava separação, dizendo que precisava encontrar trabalho. Eu entendi, com meus olhos esgazeados, que ele ia embora.

— Seja forte, filha. Eu volto.

Meu pai não permitiu perguntas. Então não perguntei, mas insisti que ele não precisava ir; eu procurava uma maneira de dizer para ele que nada tinha importância se estivéssemos juntos. Mas não conseguia colocar em palavras, ou resumir em uma expressão, que tudo o que uma menina poderia querer do mundo era ficar junto dos pais, e então ele me levou de cavalinho pelo rancho (de novo de costas, lembro-me agora: mais uma vez, não pude ver que expressão revelavam seus olhos), prometendo que voltaria, e que eu tinha que ser forte e ajudar minha mãe, e repetiu que voltaria, se Deus quisesse.

Aquilo era o pior que ele poderia ter dito, porque entendi que a vontade dele, e mesmo a minha, eram inferiores aos desígnios de um Deus misterioso que decidiria se eu teria meu pai de volta, e que, da mesma e inexplicável forma, decidira secar o céu e o rio. O rio que arrancava meu pai de mim. Eu afundava o queixo em seus ombros, cruzava mais forte os braços em seu peito, oculta de seu olhar, sentindo contra meu corpo a respiração de um homem que estava com medo. Ainda hoje, a uma distância irrecuperável, forço a memória para lembrar se era assim mesmo que ele respirava ou se inventei, porque foi preciso que eu tivesse essa recordação.

A única manifestação que testemunhei em minha mãe aconteceu na primeira noite em que nos vimos sozinhas, uma noite muda e doída. Ela não se deitou. Ficou olhando na direção do breu, sentada no banquinho da mesa, e assim permaneceu até o sol aparecer. Passar a noite acordada não era normal; era a maneira dela de dizer que sofria. Eu também não dormi, fiquei no meu canto, deitada, vigiando mamãe e esperando algum chamado dela, até que o lampião se apagou e nem mesmo a luz do dia foi suficiente para abrandar a intensidade de nosso silêncio compartilhado.

Meu tio, irmão de papai, vivia em um rancho que eu achava muito longe, mas que minha mãe dizia ser perto. Eu não entendia o que ela queria dizer com isso, talvez porque minhas pernas fossem tão pequenas e eu fosse tão mirradinha — sempre fui —, mas lembro que levava uma manhã inteira para chegar.

Lá existia um olho-d'água, que mitigava a vida da família. Titio, que prometera a papai cuidar da gente, nos dava comida e falava pouco. Minha mãe procurava não desgrudar de mim, mas as crianças são muito rápidas, e muita coisa pode acontecer nos instantes em que ludibriam o desvelo dos pais. Só hoje eu entendo, sendo agora mãe também, que ela procurava me guardar de meu primo, que tinha uns dezoito ou dezenove anos.

Eu adorava aquele primo, que era um dos poucos adultos que me cobriam de atenção. Ele inventava brincadeiras e me deixava mexer nos seus velhos pertences da infância. Falava comigo de um jeito que me fazia sentir importante, e eu depositava nele uma confiança tal a ponto de falar as coisas tolas que me vinham à cabeça.

Corria comigo pelo sítio. No final das correrias e ocultos no quintal, parava para descansar.

— Você gosta de mim?

— Gosto! — respondia, indignada por ele duvidar de meu apreço.

Então ele me fazia cócegas e demonstrações que eu julgava de carinho, coisa que não era comum com meus pais, com quem os contatos físicos na idade que eu tinha eram feitos de segurar na mão, levar no cangote ou alguns abraços. Meu primo me cutucava nas axilas, na barriga, nas coxas finas que eu tinha. E nas horas que eu mais ria daquilo ele ia ficando sério.

Eram coisas que havia nos olhares dele e de minha mãe e que só consegui entender muito depois. Ela, um gavião protegendo a cria; ele, rondando a caça. Depois que a região foi alagada para a construção da represa, o local onde ficava o rancho de meu tio se perdeu para sempre. Quando retornei para lá, já adulta, nosso sítio também estava sob as águas, as mesmas que nos faltaram e nos expulsaram da terra. Mas acho que, quando lá estive, cheguei muito próximo da beira do rancho e do local onde ficava o rio, agora uma represa barrenta.

Nas curvas do rio, eu ficava horas olhando na direção que papai tomara. Minha mãe pedia ajuda para as tarefas da roça e eu recusava. Queria estar alerta para quando papai retornasse, bem de longe; procurava no sentido inverso um pontinho que fosse crescendo até virar ele de novo. Minha mãe gritava comigo, e eu ficava com raiva, olhava com ódio, como se a culpa fosse dela, e não adiantava ela me dizer sobre o demorado do tempo ou o tamanho de que eram feitas as distâncias, porque eu não queria, por nada, abandonar a vigília.

A primeira carta chegou depois de três meses. Papai a endereçara à igreja, onde chegavam as correspondências dos retirantes cujas famílias não sabiam ler. O padre lia, acentuando e dramatizando algumas passagens, e disso me lembraria, mais tarde, quando minhas professoras narravam as histórias dos livros infantis.

— Ele diz que está trabalhando na construção de prédios — relatava o padre com tom otimista, e após uma pausa em que olhava para a gente, continuava:

— Arrumou trabalho na construção de prédios.

— E o que mais? — Era o que minha mãe indagava, porque desejava saber muito além do que estava nas linhas.

— Diz que, quando conseguir juntar bastante dinheiro, volta para buscar a senhora e a sua filha.

— Mas prédio de que tamanho, padre? Quando acaba a construção?

Para essas e outras dúvidas das famílias que se aglomeravam no dia em que chegavam as cartas, o padre procurava mitigar as angústias sem resposta e começava a escrever as respostas que os parentes ditavam.

Na primeira carta, chegou um pouco de dinheiro, quase nada, e daquela primeira remessa, minha mãe não gastou um centavo, manteve com ela aquelas notas até o dia em que morreu. Só usou o dinheiro que foi chegando com as seis cartas seguintes, até que, depois de oito meses, papai silenciou.

Aqui começa o nunca que minha mãe me dizia e que ficou inconcluso até hoje. Quando as cartas deixaram de chegar, ela não comentou acerca da ausência de notícias. As coisas eram assim, feitas de tácita aceitação e poucas explicações, principalmente para as crianças, a quem não era dado o direito de saber aquilo que os adultos procuravam evitar. Muito depois, já na cidade grande, e eu, crescendo, comecei a fantasiar sobre o silêncio de meu pai.

Eu conversava no quintal com nosso cachorro amarelo, aquele a quem eu dera a nota seis, repetindo para ele as histórias que meu pai me ensinara, quando mamãe apareceu com nossas coisas em uma trouxa a tiracolo, avisando que íamos partir.

— Mas e se papai chegar?

Ela respondeu que íamos no rumo de onde ele estava.

Na rodoviária, um parente de mamãe, que eu chamava de titio, mas era primo dela, nos aguardava e nos levou para sua casa, onde moramos por dois anos.

Eu não concebia como, em uma cidade tão grande, podia-se viver tão apertado, casas todas iguais e milhares de muros entre os terrenos estreitos. Nosso quarto ficava no fundo do quintal de cimento, onde havia espaço para uma cama de solteiro que eu dividia com minha mãe. Às vezes, ela reclamava que eu me mexia muito e deixava a cama só para mim, se espremendo no chão entre os pés da cama e o guarda-roupas de duas portas.

Não deu tempo de sentir a falta do sítio, porque duas coisas aconteceram logo que chegamos. A primeira foi que minha mãe foi limpar casas, com vergonha, no início, não pelo tipo de trabalho, mas porque nunca na vida usara um interruptor de luz, e não sabia como lidar com enceradeiras, máquinas e as coisas misteriosas de que eram feitas as residências, que para ela se assemelhavam a um palácio. Por sorte, recebeu ensinamentos da antiga empregada de uma das casas, que estava de partida, e sem a qual, talvez, não conseguisse lidar com a complexidade do que deveria fazer. Com orgulho, retornava no começo da noite como se a cada jornada tivesse vencido obstáculos, devassado segredos e descoberto astúcias.

A outra coisa foi que eu entrei na escola, porque avisaram minha mãe que era proibido deixar criança sem estudar.

Minhas fantasias a respeito de papai acompanhavam o humor das aflições da cidade grande. Aos poucos, eu aprendia como funcionava uma cidade desse tamanho — a mesma para onde viera papai, e onde, talvez, ainda estivesse — e imaginava, como forma de tentar entender sua ausência inexplicável, que ele havia sido atropelado ou que havia caído de um andaime, e que estaria sozinho, em um hospital, pensando na gente.

Não demorou para que eu percebesse que a polícia era especialmente dura com migrantes. Então, imaginava-o preso, envergonhado da gente, e, por esse motivo, interrompendo o envio das cartas.

Nos dias mais difíceis, que eram tantos, eu alimentava fantasias de ódio, em que ele teria outra família e outra filha e se esqueceria de mim. O ódio me fazia melhor, ou, pelo menos, me tirava da imobilidade; nessas horas, eu me concentrava somente em mim. Esse sentimento me ajudava a esquecer as angústias de adolescente e apagar a solidão que eu sentia ao lembrar dele a segurar minha mão ou me levar no cangote.

Muito tempo depois, procurando nos arquivos de hospitais públicos, encontrei dezenas de nomes iguais, e todos e nenhum poderiam ser meu pai. Nos registros do judiciário, desorganizados, também encontrei dezenas de nomes como o dele e pensava, aflita, se estava em meio a tantos homens marcados.

Eu era a aluna mais velha. Ia fazer dez anos, enquanto as outras crianças tinham seis ou sete. Mesmo tendo tão pouca idade, elas me olharam de uma forma que eu não compreendi quando a professora perguntou o nome e de onde cada uma vinha. Não era a cidade de origem que ela queria saber, e sim o jardim de infância ou a pré-escola, para ter noção do nível de conhecimento dos alunos.

Enquanto os outros respondiam o nome das escolinhas onde estiveram, eu disse o nome do lugar de onde vinha, e a professora, percebendo minha idade e minha situação, mudou o assunto para desviar a curiosidade das outras crianças, que, mesmo assim, repararam na roupa que eu usava e no fato de que eu não estava penteada com o esmero esperado para o primeiro dia do primeiro ano escolar. As meninas, com laços nos cabelos ainda úmidos, usavam as melhores roupas que tinham. Os meninos usavam um creme que deixava os cabelos brilhantes. Cheiravam a Trim, que o meu tio também usava, e era uma das primeiras coisas que os pais passavam aos filhos quando entravam na escola, vestidos de homens em miniatura. Não servia para dar volume, mas para assentar e repartir o cabelo besuntado, evitando que se descabelasse durante o recreio.

Voltei para casa com uma lista de materiais que deveriam ser comprados e o preço do uniforme, que era vendido em uma loja perto da escola. Titio comprou um par de sapatos e um uniforme, que mamãe lavava no sábado. Durante a semana, ela saía antes de mim; tinha que pegar um ônibus para chegar na casa onde trabalhava. Eu me trocava, comia meia fatia de pão com manteiga e ia para a escola.

Acabei aprendendo no ritmo que as outras crianças aprendiam, embora jamais tivesse pego em um lápis, coisa que os outros já tinham feito na pré-escola. Eu me sentia inferior, porque eles sabiam tanta coisa que eu não sabia, coisas simples, como fazer fila na cantina da escola.

Eu sentia fome, mas me mantinha distante e ficava sem comer; não conseguia entender que lógica tinha aquela fila, e mesmo vendo crianças da minha sala recebendo a merenda, eu ficava tímida. Tinha medo da fila e inveja daquele bando de meninos e meninas que, por algum mistério, podiam pegar o lanche e eu, não. Caminhava na direção do balcão onde entregavam os pratos e diminuía o passo para tentar entender o que as crianças davam em troca, e, embora não visse qualquer coisa que denotasse que era necessário dar algo em troca, havia para mim um mistério que eu não era capaz de desvendar.

Não sabia se teria que pagar algum dinheiro — que eu não tinha — ou se a merenda seria permitida somente a alguns, porque outros traziam lancheira de casa. Para mim, a duração do intervalo era longa demais, e me dava alívio quando a campainha estridente nos chamava de volta à sala de aula.

Depois de alguns dias, fiz uma amiguinha, que sentava na carteira em frente à minha. Como eu ignorava tantas coisas, ela tomava gosto de brincar fingindo que era minha professora ou que eu era sua filha; uma boneca a quem as meninas ensinam. Mesmo eu sendo da idade das meninas da quarta série, o jeito com que me tratava parecia enchê-la de orgulho. Foi com ela que entrei pela primeira vez na fila, morrendo de medo, até que a merendeira, sem nada dizer, entregou minha porção. Fomos para um canto, onde eu copiava tudo que ela fazia.

— Olha para mim.

Eu olhava para o rosto dela. Ela me repreendia.

— Não é só para olhar, tonta.

Eu ficava com a garganta seca e entendi que devia imitar seus gestos. Ela me reconfortava.

— Isso, lindinha, faz direitinho.

Como em um jogo de imitação. Quando não ficava satisfeita, ela repetia, de forma teatral e em gestos alongados, as demonstrações sobre como eu deveria segurar a colher da canja, desembrulhar o pão e mastigar de boca fechada. A minha amiga fazia como se estivesse brincando com um conjunto de chá em miniatura — uma vez levou para a escola algumas peças —, embora os adultos jamais tomassem chá. Com ela, aprendi a comer em público.

Escondi de minha mãe a convocação da reunião de pais.

Eu passara a pertencer a uma coisa nova que, se fosse capaz de nomear naquele tempo, chamaria de perenidade, algo que fomos perdendo nos anos em que a seca se aprofundava e desagregava os elos da vida. O medo da escola e das outras crianças se dissipava aos poucos, à medida que notei que pertencia somente a mim a quinta carteira da fileira do meio. O cheiro de guache das aulas de arte, o som do lápis sendo apontado, os mistérios da cartilha — tão temida no início —, a que a professora, como mágica, dava sentido, amalgamando letras.

Até o dia em que ela avisou que os pais deveriam comparecer à reunião, e que gostaria que viessem pais e mães.

Nos dias seguintes, eu perguntei para os colegas se seus pais viriam para a reunião, sem conseguir deixar explícito que o que eu queria mesmo era saber a respeito do pai de cada um, e, a julgar pelas respostas, nenhum deles faltaria.

Meu pânico envolvia o medo de perder a sensação de pertencimento, precariamente conquistada, além da inevitável vergonha que eu antecipava, imaginando uma sala cheia de pais, e eu, sem o meu.

Poucos dias antes, entreguei a mamãe o bilhete da reunião, e sua primeira reação foi perguntar à esposa de meu tio o que deveria fazer, pois qual sentido haveria para ela, que não sabia ler, participar de tal reunião? E mais: seria permitido, para os que não soubessem ler, ir àquele evento? A simples ideia de cruzar os portões da escola lhe parecia algo não permitido. Titia, cujos filhos já haviam saído de casa, explicou que ela deveria ir, e que essas reuniões serviam apenas para que a professora contasse como o filho se comportava na escola e se ia passar de ano.

No dia da reunião — pelos corredores eu já desconfiava —, foi somente no momento em que entramos na sala que eu confirmei que não havia um único pai, e, talvez pela primeira vez no ano, eu sorri para a professora.

Eu me aliviava da sensação de pequenez dada pela ausência de pai, mas, por outro lado, percebi a aflição de mamãe, apequenada e muda, que não sabia como reagir ao que a professora falava, e não entendia se os meus resultados escolares mereceriam punição ou elogio.

Pelos anos seguintes eu acabei fazendo por ela esse papel, explicando ao longo das reuniões trimestrais o que significavam as coisas que a professora comentava e as matérias que estávamos aprendendo, ano a ano, até o final do ensino básico. Mas havia algo que não precisava de tradução: as professoras diziam que eu ia muito bem.

No quinto ano, deixamos de ter uma única professora. A figura única foi substituída por vários mestres de diversos assuntos, e, para cada matéria, havia um novo livro. A sensação de acolhimento materno foi substituída pela de heróis. Cada um deles contando coisas inéditas que eu julgava maravilhosas. Partes da vida e do universo se descortinavam. E eu gostava cada vez mais daquilo.

quatro

Por ser mais velha, enfrentei sozinha as transformações do corpo. Não tinha ninguém, sequer uma única amiga, com quem pudesse comparar o que acontecia, entender se o desconforto seria só meu ou falar sobre menstruação, porque nenhuma delas sabia, ainda, o que isso queria dizer. Estava na terceira série, e, com o estirão da puberdade, a diferença de idade se acentuou, porque eu fiquei ainda mais alta que o restante da classe.

Parecia que, por alguma crueldade feita somente a mim, eu estava me transformando na mais feia e indesejada menina do mundo, e sentia que, quando caminhava na rua, todos reparavam em mim, nos seios que se insinuavam sob a camiseta ou nos pelos, ocultos sob a saia, que pareciam revelar algum segredo; sentia vergonha do meu corpo e vontade de ficar reclusa.

Ao ingressar no ensino médio, descobri que a diferença de idade contava a meu favor. Tinha dezoito anos e já havia superado a sensação de que o corpo crescia em descompasso, enquanto as meninas da minha sala, algumas com treze anos, ainda viviam essa fase.

Porém, com elas, que passaram juntas a puberdade e a adolescência, aconteceu algo que não vivenciei: o desenvolvimento de amizades tensas e profundas, acompanhadas por intimidade, entrega e confissões, entre gargalhadas de gralha sem controle: tudo era motivo de piada, especialmente o sexo.

Um casal de cachorros cruzava em frente à escola.

— Quem é o cachorro? — perguntavam em coro.

— O Bruno! O Marcos! O Bruno! — E riam de uma piada que eu não achava tão engraçada.

— E a cadela?

— Sou eu! Sou eu!

E assim continuariam gargalhando, pelo resto do dia, se o portão da escola não fosse aberto logo depois. E se os meninos mais velhos não passassem por perto, como o Bruno, do terceiro ano, quando todas ficavam vermelhas e silenciosas, contendo a explosão de riso que acontecia assim que ele se distanciava do grupo.

Porém, sozinhas, tremiam de medo e vergonha quando os rapazes do último ano passavam por perto, exalando testosterona que não estava ao alcance delas. Por enquanto.

Essa foi uma das poucas vezes que estive com as meninas da minha classe, nos primeiros dias de aula. Logo depois, passei a conviver com a turma do último ano, que tinha a minha idade. Eu rompia uma distância que parecia inalcançável, longa e penosa demais para as meninas da minha sala, em cujas cabeças perpassava um imaginário poderoso sobre as coisas que aconteciam entre os mais velhos. Quando viam um casal, perscrutavam em silêncio se eles tinham transado, com um misto de inveja e desejo do desconhecido. Algumas alardeavam conhecimento sexual que não tinham: contavam sobre aventuras lúbricas e falos poderosos que jamais viram de perto. Mentiam para admiração de umas e escárnio de outras, orgulhosas nos dois casos. A maioria silenciava; ouviam com avidez as mentiras que julgavam verdadeiras e imaginavam como seria com elas.

Eu já não tinha paciência para as pré-adolescentes, e era invejada por elas. Finalmente, quando cheguei no último ano, o círculo dos meus amigos estava fora do colégio: eram universitários, militantes, bancários, aspirantes a artistas e gente que procurava entender seu papel no mundo. Ou aproveitar o quanto pudesse o fim da juventude.

O ensino médio foi cursado em outra escola, que agregava os formandos do ensino básico dos bairros vizinhos. Tinha que ir de ônibus, e lá quase não havia jovens de onde cursei o ensino básico.

Eu havia me integrado, me urbanizado, era como os demais, com suas angústias e ambições. Tudo parecia ao meu alcance, e tive, pela primeira vez, uma noção clara de independência.

Ao completar o ensino básico, fui consagrada a melhor da turma. Naquela época, a escola conferia medalhas a esses alunos. Na formatura, sob o discurso da diretora que falava sobre um país que eu ainda não conhecia, recebi o prêmio simbólico e lavei minha alma do sentimento de inferioridade e das piadas sobre baianos que eu ouvia, envergonhada, durante essa época. Minha mãe entendeu que era um sinal do destino.

Agora mamãe trabalhava em uma indústria, e costumava dizer, orgulhosa, "agora até parecemos gente", celebrando as pequenas conquistas em nossa nova vida, quando aconteciam os passeios até o centro, uma comida especial, uma pastelaria, a compra da primeira televisão ou quando íamos ao cinema assistir a um filme nacional ou dublado.

O sertão ficava remoto como uma vida que não vivêramos de verdade. O maior esforço que ela fez foi o de me manter na escola, evitando que eu começasse a trabalhar aos catorze anos, idade em que metade dos alunos abandonava a sala de aula. Ela entendeu que o discurso da diretora era um apelo para que eu continuasse, e que o prêmio que conquistei lhe conferia essa obrigação de mãe.

Qualquer um que completasse o ensino básico — ou o ginasial, como era chamado —, conseguia arrumar fácil um trabalho em escritório ou banco, e eu queria ganhar meu dinheiro, conquistar independência, aproveitar a vida e ajudar em casa. Nos dois últimos anos, eu não pensava em outra coisa.

Eu poderia ganhar um salário maior do que o da minha mãe, porém, quando recebi a medalha, mamãe foi determinada e me proibiu de trabalhar. Ponderei sobre a possibilidade de estudar à noite e conciliar com o trabalho, mas ela considerava essa proposta uma forma de heresia ou de coisa malfeita.

Tinha dezoito anos, mas obedeci, porque, no fundo, da mesma forma que mamãe, eu achava que aquela medalha poderia representar o começo de alguma coisa. Os anos no ensino médio me proporcionaram as armas de que eu precisava para eliminar a sensação de que éramos gente em meio período; entender finalmente porque mamãe confundia merecimento com dádiva. Em meio a tanta falta de perspectiva, eu teria que usar as únicas armas de que dispunha: conhecimento e desejo incontido de saber cada vez mais. Virava mulher e começava a ser eu mesma.

Eu não me via bonita; talvez fosse. Talvez a periferia fosse limitada de belezas convencionais. A verdade é que os meninos se interessavam por mim. Nas festas suburbanas, nos bailes improvisados em galpões que durante o dia eram oficinas ou depósitos, eu paquerava freneticamente.

Tenho que usar essa palavra anacrônica, mas não existe outra que consiga explicar o começo dos anos setenta. As meninas da minha idade morriam de inveja. Eu tinha poucas amigas, e, pelos corredores da escola, quando eu passava por um grupo de meninas, elas aumentavam o tom, como se estivessem falando de outra coisa:

— Puta.

— Você viu que puta?

— Ela é mesmo uma putona! — quase aos gritos, sem coragem de falar diretamente para mim, fingindo que o assunto era a respeito de outra pessoa e inconformadas com minha indiferença.

Morriam de inveja da minha desenvoltura e do assédio dos meninos. E eu pensava "prefiro ser puta", e preferia mesmo, ser a puta que elas falavam, do que me assemelhar àquelas meninas, que eu considerava conformadas, de poucas ambições e arrogantes: ensejos de classe alta em um bairro operário.

E eu era virgem. Beijei dezenas de garotos, mas, além disso, o que mais me atraía era ter amigos homens. Falar palavrões, beber escondido, fumar, contar piadas, como se o mundo não importasse.

Eu não servia para dondoca, não tinha interesse em encontrar um marido ou passar o dia — como elas faziam — a reparar em garotas de outras turmas, debatendo invariavelmente sobre cabelos, roupas e corpos e, finalmente, a disparar humilhações na direção de outras meninas.

Para ser "da pesada" — outra expressão impossível de atualizar —, eu tinha que fingir que a escola era uma merda. Repetir de ano era quase heroico, embora, no fundo, todos tivessem medo disso. Colar era questão de mérito: afirmação de que os jovens eram mais espertos que os professores. Alguns, tenho certeza, mesmo que soubessem a matéria da prova, exibiam os bilhetes em letra miúda com o conteúdo da matéria, e que acabavam por não utilizar na hora dos exames.

Como eu estava na primeira série do colegial, e eles na terceira, eu podia mentir que estava pendurada nas notas, e que certamente repetiria de ano, que droga. Ninguém ficava sabendo que, na verdade, tirava dez na maioria das matérias; eu gabaritava, semestre após semestre.

O primeiro com quem me deitei foi um garoto dois anos mais velho, que já tinha se formado, e que namorei por dois meses. Eu havia beijado outros, mas nenhum deles virou o que a gente chamava de namoro. Mas com aquele, assumimos que namorávamos, e eu achava que era o homem da minha vida. Fomos para a cama depois de um mês, em que o desejo ficou incontrolável, e aconteceu.

Se foi um pouco estranho, e é verdade que foi — como acho que sempre é —, não teve gosto de arrependimento nem de coisa insossa. Guardei por muito tempo a sensação da quentura, da boca seca, dos toques que avançavam incertos e da febre que nos assomou naquela flor da idade. São momentos que todos vivemos, mas que poucos souberam traduzir. Eu não saberia ir além, porque não sou sentimental.

As músicas e os livros nos guiavam, e, se não sou tão capaz de discursos líricos, através das canções, eu faço a coincidência entre o vivido e o cantado. Músicas que falavam de entregas e renúncias, encontros e despedidas, e desejos à flor da pele que nos faziam sentir como personagens das canções. Éramos jovens, tocados por um lirismo sem precedentes na poesia e na música, que nessa época foram tantas e tão efusivas como nunca. Fosse a poesia a falar de amor ou de política, aprendemos muito. Por isso eu tento expressar esse momento e essas sensações arrebatadoras através das músicas, porque são insuperáveis as imagens das descobertas amorosas da pequena *Maria Solidária* na flor da idade. Ou das dores insuperáveis do band-aid no calcanhar e do momento de saber que tudo acabou e que já se vai tarde.

Tudo acontecia muito rápido, e na mesma intensidade que foi a primeira vez na cama, outras coisas ocorreram naqueles meses. Eu aprendi o que era ditadura, lia alucinadamente, descobria aquilo que era velado, me encantava com os ensinamentos dos professores que torciam por nós, que davam seu melhor, mas que, no fundo, sabiam que estávamos condenados pela estreiteza da periferia, onde raramente um aluno ingressava no curso superior. Eu me senti pequena diante desse mundo que eu descortinava, porém, uma pequenez diferente da que sentia nos primeiros anos da escola, quando não sabia pedir o lanche na cantina.

Percebi que aquele canto da cidade, um bairro operário, era ridiculamente menor do que as coisas que aconteciam fora dali. Era muito maior o mundo que existia além dos estreitos limites do bairro e do namoro. Mesmo sabendo que eu tinha um tempo longo pela frente, sentia que cada momento era precioso e irrecuperável, porque era imenso o que havia para conhecer.

— O que te falta, baby?

A própria pergunta era parte da resposta. Um pouco constrangida — porque me cumpria magoá-lo —, não me animava a responder.

— Fiz alguma coisa que você não gostou?

Ficar nua, não esconder o corpo, compartilhar uma intimidade destituída de vergonha, parecia uma conquista. Ele aguardava ansioso e inconformado minha explicação.

— Tem alguma coisa de errado comigo?

Discussões logo após o sexo podem ser desoladoras para aquele a quem cabe ser abandonado. Eu quase disse "você é pouco, é só isso", mas não seria justa, nem seria bem interpretada, porque ele pensaria que a culpa seria de outro rapaz, porque não havia, em sua concepção, ambições ou desejos de outra espécie para uma menina.

— Você diz que vai embora. Eu não entendo. O que foi que fiz?

— Eu que não fiz, e quero fazer. Tente entender: eu tenho planos maiores.

Gostava dele e fui má. Minha primeira maldade deliberada, que eu via como necessidade para as conquistas que almejava. Talvez começasse aí uma maneira de agir. Mas eu precisava combater a bondade, combater a vida que eu não queria, embora pouco soubesse da vida. Querendo ou não, às vezes, o preço da nossa liberdade deve ser pago por outros, a quem enredamos sem ter a noção de como desatar.

Não quis pensar em mais nada que não fosse conquistar o mundo, e abandonei sem olhar para trás meu primeiro homem, meu primeiro namorado apaixonado.

Não deixei de pensar em papai. Eu andava no ritmo da cidade, e ele se tornava parte da multidão anônima e inacessível. Às vezes, antes de adormecer, eu me lembrava do seu vulto ficando cada vez menor e do som abafado de seus passos resignados na estrada poenta, rumo a um ponto que se perde na vista.

Mamãe não tocava no assunto. Para ela, nunca mais o veríamos.

Quando chegamos, ela achou que seria fácil encontrá-lo. Como se bastasse perguntar para as pessoas. Na cabeça dela, todos, com certeza, saberiam a resposta e dariam uma direção. "Lógico, senhora" — talvez ela imaginasse esse diálogo —, "conheço seu marido, ele está logo ali, é só bater na porta."

O endereço das cartas que ele enviou para a igreja era de uma pensão de operários da construção civil, próxima a um bairro que se verticalizava, como se os prédios desejassem apagar com suas sombras a imagem provinciana das casinhas antigas. Quando lá chegamos, eu olhava para as pessoas que entravam e saíam, como se cada uma delas tivesse algo de papai, e aguardava o momento em que ele surgiria pela porta para desfazer o engano de nossa separação.

Ninguém se lembrava dele. Disseram que as pessoas se iam com as obras, e que, em pouco tempo, muita gente entrou e saiu dali. Mamãe insistia, apesar das negativas, e repetia o nome do meu pai, explicava de onde ele vinha e descrevia como era. A mulher que tomava conta da pensão — talvez a gerente — não podia ajudar, e sua boa vontade durou pouco.

Foi então que minha mãe se conformou e, em seu jeito silencioso, disse que nunca mais o veríamos. Foi nossa segunda noite em branco e sem palavras; minha mãe, resignando-se, e eu, acreditando que papai não poderia acabar para a gente dessa maneira.

Quando tinha dezesseis anos, comecei, sozinha, a procurar por ele. Não contei à minha mãe; ela já aceitara o nunca e emudecera de vez em relação a esse assunto. Durante anos, eu o procurei. Tomava ônibus em direção a diferentes bairros, que cresciam para cima, e quando via um canteiro de obras, eu descia e andava ao redor. Os peões deviam imaginar que eu estava me oferecendo, parada em frente à construção aguardando o horário de saída, porém, era esse o horário de maior probabilidade de encontrar papai. Eu não tinha conhecimento para pesquisar diretamente junto aos contratantes; nem imaginava que isso fosse possível.

Às vezes, seguia de longe um grupo de peões para descobrir pensões, onde eu entrava e passava pelo vexame de não saber explicar direito o que queria. Era inútil falar um nome que era tão comum e, afinal, que tipo de detalhe eu poderia oferecer a não ser um rosto comum que, aos poucos, ia se tornando diáfano?

Percebi, enquanto me esforçava diante do balcão para descrevê-lo, que eu passava a me lembrar dele sempre de costas. Era difícil me explicar; impossível encontrá-lo.

Restava a esperança no milagre de deparar casualmente com ele, e por vezes abordei homens por engano, passei por vexames que se repetiam, embora alguns fossem compreensivos e pacientes. Talvez tivessem, eles também, uma filha a encontrar. Mas de nada me valiam. Eu migrava de obra em obra, de construção em construção, esperando captar, entre uma multidão de peões descompassados, o olhar de meu pai. Até o final do ensino médio minhas buscas eram incertas assim. Mais tarde, descobri novos métodos.

seis

Durante o segundo grau, cheguei perto de acreditar que minha mãe estava certa quando dizia que nunca mais veria papai. O tempo tornava-se escasso na proporção das matérias novas que eu estudava, e eu alimentava uma espécie de obstinação — talvez fortalecida quando minha mãe insistiu para que eu não parasse de estudar — em dominar todos os conteúdos. Assuntos que não diziam respeito ao tipo de coisa que eu gostaria de fazer no futuro, difíceis como seus nomes: matrizes, citologia, balanceamento, leis de Newton. Porém, minha obstinação vinha ao encontro de um prazer que me dominava cada vez mais, o de estudar. Eu gostava e não me enxergava fazendo algo diferente. Eu tinha vinte anos e a sensação de que as buscas que eu realizara desde os dezesseis foram inúteis. A ausência de tempo parecia especialmente ávida, também, em subtrair minhas lembranças, porque eu pensava menos em meu pai.

Tempo, também, de que eu precisava para os namorados, os amigos, as músicas, os bailes e os raros e disputados eventos culturais. Tempo, acima de tudo, dedicado aos livros. Com tantas descobertas, a sentença de mamãe em relação ao "nunca mais" já não me preocupava tanto quanto uma possibilidade atroz, impensável em minha meninice, que era a de esquecê-lo completamente e transformar sua memória em nada. Eu me transformava em adulta, e deveria lidar com a difícil — talvez impossível — tarefa de identificar a diferença entre sonho infantil, realidade, fé, determinação, passividade ou, finalmente, cinismo. Desse amálgama que compõe a vida adulta eu deveria tomar uma decisão em relação ao desaparecimento de meu pai.

Mamãe, depois de quatro anos limpando casas, conseguiu emprego em uma fábrica de rádios de pilha. Eram rádios pequenos, que se levavam colados ao ouvido nos estádios de futebol ou às seis da manhã, no transporte público, onde o sonzinho metálico alcançava outros passageiros. Fabricavam também rádios maiores, com a frente coberta por uma tela metálica com furos minúsculos que parecia uma peneira. Esses eram usados em casa, principalmente na cozinha, que era onde as mulheres mais ficavam. Exceto aos domingos, quando os jogos de futebol eram narrados.

Minha mãe ficava aflita. Trabalhava na seção de embalagem, com mais vinte operárias, e achava que o emprego ia acabar, porque era, para ela, um absurdo a quantidade de rádios que embalavam por dia.

— Quantos, mãe?

— Quantos demais, minha filha. Os engenheiros da fábrica não sabem que desse jeito todo mundo vai ter rádio e que ninguém vai comprar mais?

— A senhora não tem que se preocupar. A população do país é enorme.

— Deixa de bestagem, menina. Você não está lá para ver o tanto que se fabrica todo dia. Não tem gente no mundo para tanto rádio.

Eu me divertia porque todo dia ela dizia as mesmas coisas, e os fatos provavam que ela estava errada, porque seu vaticínio de que a fábrica ia fechar nunca se confirmava. Mas ela não se dava por vencida.

— Ai, minha filha, como a gente vai fazer para pagar as contas quando a fábrica fechar?

Era impossível mudar sua opinião, que deveria ser dolorosa, porque ela sempre voltava para casa com essa certeza de que estaria desempregada no dia seguinte. Sentia-se culpada por cada rádio que despachava. Recebia as embalagens, de vários tamanhos conforme o modelo, forrava com uma almofada de isopor, colocava o rádio dentro, e finalmente, sem disfarçar certa tristeza, selava com fita adesiva as caixas de papelão impressas em cores.

Vivíamos em uma casa de fundos alugada, de sala-quarto-cozinha. O banheiro ficava no quintal, onde, nos invernos a que nunca nos acostumamos, era difícil encarar a ducha elétrica que vertia água aos pingos. Era na sala-cozinha que eu mergulhava nas apostilas usadas de cursos pré-vestibular que comprei nos sebos do centro da cidade. Com o pouco que tínhamos, pagar um curso preparatório era impensável, e comprar essas apostilas foi um luxo que me encheu de orgulho. Eu cheirava o papel das páginas e imaginava, nas anotações laterais feitas pelos antigos donos, se teriam conseguido passar no vestibular e como eles seriam, onde moravam, de que gostavam os jovens que haviam usado as apostilas em primeira mão.

Minha mãe não tinha noção do que significava conquistar uma vaga em uma universidade pública, mas sabia o quanto eu havia estudado para isso. No dia em que pela primeira vez caminhei através dos prédios entremeados por jardins e espaços, cada uma das faculdades ocupava poderosas promessas na imaginação dos jovens que, como eu, se matriculavam. Lembrei de minha mãe. Se não fosse ela e o dinheiro que me dava para o ônibus e para a comida no bandejão da faculdade, eu não teria conseguido. Mesmo quando fui morar na república subsidiada para alunos, onde só se servia o almoço, sem mamãe eu passaria fome, porque com o dinheiro dela eu jantava pão e fazia café. Muito café. Mas nem de longe essa suposta carência me incomodou. Por que eu estava lá. Afinal, a única coisa que me incomodava era não poder comprar todos os livros de que precisava, e que eram só meus durante o horário da biblioteca, onde eu me enfiava.

Era uma das mais pobres, mas rejeitava essa condição como suposto sinal de heroísmo, virtude ou, pior ainda, comiseração. Eu seria uma cientista; não objeto de estudo. Também não me comparava aos outros, a não ser um sentimento de inveja daqueles que se abarrotavam de livros. Por outro lado, era inevitável comparar os momentos de minha vida, quando caminhava pelo *campus* sobre a sombra de outra imagem, aos da mamãe me arrastando pela caatinga, horas e dias, até a rodoviária distante onde embarcamos rumo à cidade grande em busca de papai.

Recusei-me a militar na resistência porque evitei as opções que exigissem abandono. Eu teria que desaparecer, ocultar-me de meu próprio nome, esquecer os amigos e minha mãe. Achei que seria injusto para ela eu me converter em seu segundo nunca. Os que ficamos, cada um com seu motivo, fomos criticados, embora defendêssemos que não nos omitíamos, mas que havia outros campos de batalha. Cada um é que podia saber até que ponto isso era verdadeiro, e, no meu caso, eu tinha clareza sobre os meus medos.

Com voracidade que me surpreendia, eu não queria perder um instante. Estudei como ninguém mais fazia, mas também me envolvi com grupos diferentes, dentro e fora da universidade; gente esotérica, malucos, artistas e perdidos. O paradoxo da repressão foi o surgimento de uma vitalidade sem paralelo na música, no teatro e nas ideias; estávamos na crista de um vagalhão e nem percebíamos isso. Era como se fosse natural a qualidade das músicas que surgiam sem parar. Outra maneira de nos relacionarmos com a época foi através da irreverência e das festas. Muitas festas, muito daquilo que julgávamos loucura, tudo acompanhado por debates estéticos e políticos apaixonados, discussões noturnas e porres, que terminavam com a melancolia de final de noite. A liberdade do corpo era uma dessas fronteiras da irreverência, e transar livremente era quase uma obrigação libertária. O meio dos anos setenta ainda recendia a revolução sexual. Foi quando quase me casei com um poeta.

No último ano de graduação, e com o mestrado garantido por um professor que me incentivava a continuar o tema do meu trabalho de conclusão de curso, tive tempo livre. Todos os créditos estavam concluídos e eu só precisava me concentrar na monografia. Nessa época, um pouco menos corrida, e quando minha carreira parecia ter um futuro assegurado — ou, pelo menos, bem encaminhado —, viajei pelo Brasil, menos por necessidade acadêmica e mais por vontade de conhecer as coisas novas que estavam acontecendo.

Eu me meti com um grupo que combinava circo, teatro e música, e que depois ficou famoso. Uma amiga da faculdade estava indecisa entre aderir ao grupo e continuar na universidade, quando apareceu uma noite me dizendo que eu tinha meia hora para arrumar a mala e me mandar com eles. Fariam uma viagem até Brasília, onde havia uma exposição, e de lá seguiriam de cidade em cidade, rumo ao Rio, até que a grana acabasse ou algo assim. Embarquei na carona, porém decidida a retornar quando chegássemos a Brasília; voltaria de ônibus.

Eram carros velhos, da década de cinquenta, e nessa viagem me senti como parte do cenário das músicas que cantávamos nas estradas esburacadas, apontando o nariz para os chapadões. Em Brasília, havia uma exposição, e enquanto olhávamos o quadro do artista, me empolguei com a sensação instantânea de que eu estava dentro da tela. Apontei para a criança sorridente e feia e disse:

— Essa menina sou eu. Conheço essa história porque a vivi.

Ninguém entendeu, achavam que eu estava chapada — de fato, estávamos todos —, mas insisti, garantindo que era verdade que eu conhecia aquela história, que era minha história também, que era eu mesma dentro daquele quadro, mas não acreditaram, até que me cortaram a palavra porque a piada havia perdido a graça, e porque, afinal, nem tivera muita graça para eles.

Aquelas pessoas se sentiam especiais de frente para o mito, imaginavam tocar um conhecimento profundo do país, e me tomaram por pedante porque eu apenas queria contar que um dia fora retirante, e, assim como a menina do quadro, eu havia me arrastado pelo cenário, fugindo da seca. Entre aqueles jovens descolados, aprendi a verdade de que a vida vivida não contava para eles, e que valia mais a fantasia. É que o mito não tem cheiro; é asséptico. É fácil fantasiar a partir do mito.

A verdade era outra, porque o retirante é suado, impregnado de uma sujeira que gruda na pele, algo que só eu sabia. Mas isso não interessava a eles, e eu me irritava com seus olhares de comiseração diante do quadro.

Eu pensava: "Botem ao lado deles um retirante de verdade, recém-chegado da viagem, e não conseguirão disfarçar o desconforto e a impaciência para que ele saia logo de perto. Botem então um retirante para falar sobre o que pensa, divagar seus juízos políticos e religiosos, e reagirão com um misto de condescendência e desconforto".

Aqueles jovens nutriam um sentimento paternal de que o tal do Brasil profundo precisava deles, precisava de civilização. Eles eram o caminho e a luz, e só o quadro é que tinha valor poético. O retirante de verdade, não. O homem de verdade atrapalhava o mito. Não insisti — afinal ninguém queria saber — e não contei para eles a minha história, porque relatos assim não lhes interessavam.

Na universidade, o pior já havia passado, porque, no começo, eu enfrentava longas noites e leituras árduas, que pareciam impossíveis. Recomeçava capítulos inteiros, anotava, não conseguia entender, e cada parágrafo fazia referência a novos autores e conceitos que eu desconhecia. Com esforço, muito esforço, comecei a dar meus próprios passos e consegui encontrar a elegância que havia nos autores mais difíceis.

E, nas madrugadas no alojamento estudantil, enquanto tentava encontrar o rumo dos textos e quase me desesperava, me vinha a lembrança de onde estivera e a consciência de onde estava. E quando comecei a dominar os conteúdos do primeiro semestre, textos em francês, espanhol e inglês começaram a ser indicados. Mais da metade da sala entrou em um ritmo cômodo de ler o mínimo e garantir o diploma. Mas eu não estava lá para isso, e ao mesmo tempo me julgava incapaz de dar o próximo passo nos idiomas nativos nos quais o conhecimento fora escrito.

Não me especializei em estudos rurais, que era moda na época. Nesse assunto, acho que julgava conhecer o que havia para conhecer em mim mesma. Ou, é claro, talvez fosse uma fuga. De qualquer forma, eu estava madura, tinha várias ideias dos rumos que poderia adotar e muita bagagem acumulada para o próximo passo.

Decidi me aventurar no estudo das metrópoles. Intrigavam-me as sutilezas dos arranjos econômicos, políticos e sociais, e como estes influenciavam a posição que cada grupo ocupava na cidade. Em todas as grandes metrópoles ocorreram intensos movimentos de imigração. O que fazia um grupo se destacar? O que fazia outro ser desprezado? Respostas previsíveis que eu esperava encontrar não davam conta da complexidade do assunto. Disputa por empregos locais? Poder econômico do grupo que se estabelecia? Influência das contribuições culturais? Histórico de conflitos civis? Por que me desprezavam no ensino básico por ser baiana?

Eu quase desisti dessa tentativa de entender os caminhos que levavam uns ao pódio da admiração e outros ao inferno do desprezo. Sentia que era uma complexidade além da minha capacidade, quando algumas hipóteses começaram a fazer sentido, e achava que podia chegar a algum lugar. Eu tinha escolhido um caminho difícil e perigoso para uma cientista, que poderia me levar a um beco sem saída, mas sentia que não podia mais recuar. Poucos anos depois, publicaram na Alemanha o livro *Cabeça de turco*, a história real de um repórter que se disfarçou para registrar como era o cotidiano dos imigrantes no país. Comeu o pão que nem o diabo quis amassar. Quanto mais eu desenvolvia o assunto, mais ele entrava em pauta no mundo inteiro. Foi esse trabalho que me celebrizou, e com a publicação de um artigo nos Estados Unidos, alguns anos depois, todas as portas se abriram.

Encontrei Caio pouco depois da viagem que fiz a Brasília. Foi o homem mais divertido que já conheci, e talvez o melhor amante, porque é difícil escolher quem foi melhor: ele ou Otávio. Nosso relacionamento durou um ano e pouco, e o tempo em que ficamos juntos, quer dizer, fisicamente, talvez possa ser contado em dias. Eu vivia atarefada com o mestrado, e ele queria largar o emprego público para viver de poesia. Era cinco anos mais velho do que eu; nessa época, era poeta, mas começava a fazer concessões para a prosa, porque precisava publicar alguma coisa, emplacar um livro, e a poesia não era o melhor caminho. Dedicou a mim seu primeiro livro, que virou sucesso e marcou muito a nossa geração.

Ele nada perguntava e eu nada cobrava. Aconteceu naturalmente. Não foi por causa da ideologia do amor livre e do sentimento de culpa que muitos tinham por manter um relacionamento constante.

Era engraçado pensar nisso, porque essa doutrina nos ensinava a desprezar as instituições e as regras, principalmente as do corpo, mas criava um sistema cheio de culpas e obrigações. Andar de mãos dadas, ter um companheiro fixo, demonstrar o mínimo ciúme, isso era um grave pecado cuja punição era o gelo social, e os amigos se afastavam, acusavam de conformismo burguês, de reacionários, e deixavam de convidar o casal institucionalizado. Uma palavra bastante repetida era "vanguarda". No nosso caso, meu e de Caio, a falta de cobrança e de contato diário não se deviam a essas normas de liberdade. Era uma ligação despojada, só isso, e tínhamos muitas coisas para fazer além da relação.

É cafona o que vou dizer, eu sei, é meloso. Mas é preciso respeitar o tempo e honrar nossa própria memória, por mais apagadas que se tornem as sensações perdidas. Sim, o que eu quero dizer é que quando ele chegava parecia que o sol vinha junto, eu ficava corada de uma quentura que subia pelo peito, o joelho fraquejava, dava um frio na barriga, mesmo depois de um ano juntos. Talvez porque não combinássemos os encontros. Nas nossas rotinas, tomadas pelo tempo, era sempre uma surpresa quando ele aparecia e me deixava bamba e molhada, embora, depois do amor, eu evitasse que ele dormisse comigo no meu quarto ou então evitasse passar a noite na casa dele, porque eu tinha que escrever. E ele também. O que importava mesmo era que eu tinha certeza de que o que eu sentia era compartilhado por ele. Por isso, não tive ciúmes e não me interessava saber o que ele fazia durante os dias em que não nos víamos. Nos bastávamos.

Caio escrevia poemas maravilhosos, mas era relapso, às vezes eu organizava seus rabiscos e insistia para ele não perder o material, que voltava a ficar bagunçado quando eu retornava. Desconversava, dizendo-me coisas tolas, repetia sempre que a confusão era porque ainda estava para nascer uma poesia que me valesse, coisas bobas que me envergonhavam quando depois nelas pensava, mas que não pareciam dessa forma para um casal apaixonado, nu na cama.

Eu achava que era por ser mais velho que ele transava tão bem, e com o tempo descobri que os homens podem ser igualmente ruins, em qualquer idade. Um tempo depois, tive um caso com um professor, mas foi tão estranho que não o utilizei nessa comparação. No caso do Caio, as coisas que ele fazia e como me tocava, até o limite, quando a razão abandonava por completo o corpo, faziam parecer que o prazer assumia uma forma física que tinha a capacidade de interromper o tempo; remanso e fúria ao mesmo tempo. Eu nunca tinha vivido aquilo. Era um jeito dele de mostrar e me fazer aprender que o amor pode ser elevado a um gesto de arte, e não apenas ser um exercício físico pretensioso e rápido, que é o que homens jovens geralmente faziam, embora, às vezes, eu ficasse com a impressão de que éramos mais parecidos com amigos do que amantes. Ou com casais que mantêm um caso secreto e, por isso mesmo, sem planos ou uma noção exata sobre até onde iríamos. Cheguei a pensar que ele seria o meu homem, e ele começava a insinuar que queria morar comigo. Caio estava terminando seu primeiro romance, aquele que ficou famoso, quando engravidei.

oito

Não pensei duas vezes, porque não havia o que ponderar, a não ser a forma como deveria ser feito.

Primeiro, me senti estúpida e me culpei por não ter tomado a pílula. Vivia irritada, principalmente quando encontrava Caio. Eu amava minha vida e estava no momento determinante da carreira, e quando engravidei foi como se estivesse atravessando a rua, feliz e distraída, e um caminhão enorme tivesse me acertado. Não passava pela minha cabeça a ideia de ter uma criança, e não me assolou nenhum outro tipo de sentimento que não fosse desconforto e medo. Desespero é o que melhor descreve aqueles dias, quando me vi em uma situação que eu não queria e com a qual não podia lidar. Na teoria era fácil resolver — e era cotidiano fazer —, como tinha acontecido com a maioria das amigas, mas olhando de fora era sempre mais fácil.

Envolvia dinheiro, coisa que fazia muita diferença — uma perigosa diferença. Caio ganhava um salário razoável como funcionário público, por isso, abortei em um local que se podia chamar de clínica. Parecia um hospital, comparado aos açougues aonde minhas amigas iam, porque éramos todas estudantes em tempo integral, e mesmo para aquelas cujas famílias tinham dinheiro, seria extremamente comprometedor pedir grana para os pais, que na mesma hora saberiam a que se destinaria o pedido. A mesma coisa acontecia com os rapazes, embora com muito mais condescendência, porque, no fundo, os progenitores se orgulhavam do filho comedor. Isso resultava em cenas corriqueiras de casais que saíam a pegar emprestado e juntar dinheiro, desesperados, enquanto as semanas avançavam.

Era um sobrado onde havia consultórios de clínica geral, que disfarçavam o que acontecia ali. Caio me acompanhou até a entrada da sala, e lá dentro me receberam o médico, o anestesista e a enfermeira. Senti pena das amigas e lembrei-me dos lugares aonde as tinha acompanhado. Então, pediram para eu contar até dez e a partir do cinco eu não vi mais nada. O que aconteceu vinha em lapsos, eu acordando na sala de cirurgia, o barulho das rodas da maca deslizando abafadas sobre o chão acarpetado, senti moverem meu corpo para a cama do quarto e vi Caio de pé, ao lado da cama, assustado. Sentia-me pior do que quando estava bêbada ou drogada, porque não conseguia me concentrar mais do que alguns segundos antes de apagar de novo, e foram dezenas as vezes em que isso aconteceu. Em um desses lapsos, eu me lembro de ter dito, quando o som de minha própria voz mal chegava, abafado, aos meus ouvidos:

— Cadê o meu bebê?

Acordei segundos ou horas depois e perguntei a mesma coisa. E foi isso, uma frase embriagada sob anestesia, despropositada, sem relação com a realidade nem sentimentos profundos, que pôs fim na minha relação com Caio.

Dois dias depois, eu procurava não pensar mais naquilo. Era uma questão de honra para nossa geração, principalmente no ambiente em que vivíamos, defender nossa liberdade. Não me arrependo. Não me arrependeria ainda hoje, mas sempre digo, nas minhas aulas ou palestras, quando surge o assunto, que quem defende o aborto não sabe o que diz ou não o fez, e que comete um erro conceitual. Ninguém pode ser a favor de algo doloroso, ainda que seja só a dor física. A psíquica, que cada uma se arranje com suas decisões, que são sagradas e não dizem respeito a ninguém. Eu digo para que sejam a favor da liberdade de opção, fundamental, mas que não alimentem a ilusão, porque algum tipo de dor fica: que não se enganem quanto a isso. Quando se defende essa posição incondicionalmente, é preciso ser corajosa e honesta para ponderar sobre a abrangência da escolha. A liberdade tem dessas coisas.

No meu caso, o mal-estar físico talvez tenha sido maior que o psíquico. O que eu não esperava foi a reação de Caio, pois, para minha surpresa, para ele foi dilacerante. Talvez me amasse muito mais do que a leveza de nossa relação deixava transparecer. Talvez tivesse outros planos, talvez desejasse compartilhar as decisões, talvez pensasse que eu não levava nosso relacionamento tão a sério a ponto de perguntar o que ele sentia sobre o assunto.

Tudo passa, mas poderia passar melhor sem essa experiência.

De minha parte, eu ainda tentei retomar a normalidade, mas isso parecia impossível para Caio. Ele era mais sensível do que eu. Outra coisa que o incomodava e que estava inaudita foi que não perguntei sua opinião sobre o aborto. Ele se sentia no direito de opinar, mas, afinal, eu deixava claro, não era o futuro dele que estaria comprometido. Aceitou sem retrucar nem dizer o que pensava, porque sabia de minhas determinações. Ele pagou, me acompanhou e esteve ao meu lado. Mas não permiti nem mesmo uma dúvida.

Depois de três semanas tentamos transar, mas enquanto ele me tocava, com cuidado e medo, como quem manuseia com tensão uma porcelana trincada, eu procurava fingir, mas nem isso conseguia. Não era do jeito que eu gostava, com ele cheio de receios. Não era o que eu queria, ser tratada como algo prestes a quebrar. Embora jamais tenha tocado no assunto, eu sabia que ele não conseguia lidar com a lembrança da pergunta que fiz ainda anestesiada. Tenho certeza de que deve ter se sentido culpado, que a decisão fora um erro, que o dinheiro era dele — portanto, coisa determinante — e, finalmente, que eu estava arrependida. Nada mais errado. Quanto a mim, aprendi a guardar bem no fundo essa pergunta deslocada e procurei não pensar mais nisso.

O silêncio, a falta de jeito e as dores inauditas que exigem um tempo para passar fizeram com que nos afastássemos dias depois.

Não me surpreendi quando, meses depois, ele me enviou o livro com a dedicatória. No começo não vendeu muito; circulou principalmente entre os universitários, mas acabou ganhando o mundo, apaixonou uma geração, e traz meu nome na página cinco, em pelo menos dez idiomas. Essa dedicatória, que é ao mesmo tempo celebração e renúncia de uma paixão, ironicamente atraiu os homens como moscas, que fantasiavam sobre que tipo de mulher seria eu, homenageada em um livro belo e furioso.

Reclusa em minha dor e afastada de Caio, me distanciei também dos amigos. A eles eu respondia que meu mal-estar era sem causa aparente. Àqueles que sugeriam a visita a um psiquiatra, eu negava; me recusava a me tratar, porque sabia que passaria. Assomou-me um enorme nada que eu não queria analisar e que, talvez, somente talvez, contivesse um pouco da partida do meu pai, o cansaço de tanta luta que eu lutava só, e, o mais importante, o fim da relação com Caio, para a qual eu não pretendia fazer qualquer esforço de conciliação naquele momento. Talvez somente na ausência dele eu pudesse perceber o que significava a sua falta. Podia ser um pouco de cada coisa, ou podia não ser nada disso; podia ser o que eu não ousava pensar. Principalmente, eu não pedia ajuda a ninguém. Tinha que resolver sozinha como sempre resolvi minhas coisas.

Durante um mês, larguei tudo. Os professores do mestrado concordaram em fazer vista grossa e marcavam minha presença. Alguns deles tinham planos para o doutorado e disputavam-me. Outros eram gente boa e me liberavam das aulas. Eu já era conhecida e transitava bem demais na universidade. Nas poucas aulas a que assisti, dos professores que não aceitaram abonar as faltas, era como se estivesse desmontada na cadeira, escorrendo pelo chão, ausente. Logo depois, eu voltava para casa e passava a tarde na cama, sem sono e sem vontade de ler. Nessa época eu tinha um quarto só meu e vivia melhor do que no alojamento. Tinha conseguido uma vaga em uma outra república subsidiada, um privilégio de quem já era graduado.

À noite era que eu saía e comia alguma coisa. E bebia, porque sempre uma amiga ou um grupo de amigos passava em casa e não me deixava sozinha. Retornava bêbada e bem, com a promessa de acordar melhor, mas acordar melhor foi algo que levou um mês, se bem me lembro.

nove

Não precisei mais da ajuda de mamãe quando comecei a ganhar meu próprio salário. O primeiro emprego era muito conveniente, porque o trabalho que eu fazia me ajudava nos estudos, e eu não podia imaginar coisa melhor. Ganhava enquanto me aperfeiçoava.

Durante o ensino médio, eu aprendera a datilografar nas máquinas da escola. Essa habilidade era fundamental, e sem ela era quase impossível para uma mulher conseguir emprego, porque éramos restritas a trabalhar nas áreas de apoio administrativo das empresas. Ou como secretárias.

Fui contratada na faculdade para transcrever palestras, e recebia por volume de trabalho. Com isso, consegui comprar uma máquina de escrever, divulguei meus serviços pela universidade, e logo chegaram encomendas de alunos e professores com pouco tempo, pouca habilidade ou, ainda, preguiça, que me pagavam para datilografar ensaios, livros e textos manuscritos. Pelas minhas mãos, passaram teses valiosas e material inédito que ainda não estava disponível na biblioteca. Ao lado da máquina de escrever, eu mantinha um bloco de notas e fazia apontamentos que me ajudaram muito. Era como se me pagassem para estudar, e eu achava isso ótimo.

Depois, a editora da universidade comprou um computador, e eu arranjei um emprego fixo de meio período, digitando nas fotocompositoras muitos dos textos que antes eu havia datilografado. Sentia-me vaidosa, digitava com muito cuidado para não deixar escaparem erros (os revisores devolviam pouco material que passava por minhas mãos) e gostava de pensar que, naqueles livros que seriam impressos muito em breve, havia minha participação, um pedaço de mim nas estantes da livraria universitária.

No terceiro ano, consegui uma bolsa de pesquisa, e eu, que jamais vira tanto dinheiro até então, ficava um tempo olhando o valor do depósito, em meu nome, na conta bancária que também era novidade para mim. Embora o valor mal desse para alugar um apartamento — algo com que eu sonhava — e me alimentar, eu achava uma imensidão e sabia que ganhava mais que mamãe. A partir daí passei a viver de pesquisa e, um pouco depois, de pesquisa e docência.

Depois de Caio, um professor se apaixonou por mim. Ele tinha 49 anos, e eu, uns 23. Achei que seria interessante a experiência e me deixei levar quando ele se aproximou. Nada demais, a não ser uma transa curiosa para saber como se comportava um homem dessa idade na cama. Ele era carente, e depois da transa, me pedia para afagar seus cabelos até que adormecesse, e tinha uma necessidade de proteção que eu jamais suportei em um homem. Às vezes, ficava grudado em meu colo, em silêncio, até que o suor começava a brotar das peles coladas no calor do apartamento. Então, de repente, ele saltava da melancolia e com um ânimo quase exagerado, decidia que era hora de sairmos para bares, restaurantes, cinema, teatro, às vezes, tudo em uma mesma noite. Ele me queria sempre disponível, mas eu queria ficar em casa; tinha muito a fazer. Uma vez, quando me preparava para ir embora depois do sexo, ele ficou eufórico e se vestiu precipitadamente, dizendo que iríamos sair. Eu disse que não queria, e foi aí que conheci uma de suas facetas, quando entrou em uma depressão arrasadora. Choro, conversas de saudades de um tempo em que foi feliz, afirmações de que a vida não valia a pena, que só eu poderia compreendê-lo e, finalmente, a acusação de que eu, mesmo sabendo disso, desprezava sua companhia. Eu não poderia suportar muito tempo, além do fato de que ele era uma nulidade na cama. Esperava muito mais dele: transas memoráveis, uma espécie de iluminação intelectual, dicas, absorver sua experiência, mas ele era um caso perdido e monocórdico em suas queixas existenciais e necessidade de proteção materna. Tornou-se insuportável. Além disso, sentia a consciência pesada em relação à produção acadêmica, abaixo do que eu me havia imposto. Que se danassem os sofrimentos do meu amante professor.

Foi um aprendizado, uma espécie de vacina, porque eu compreendi que precisava de homens diferentes daqueles, e que talvez na universidade eu não encontrasse os que pudessem me interessar para um relacionamento prolongado. Ou porque eram muito competitivos ou porque se sentiam obrigados a se mostrar livres além da conta no sexo, querendo me provar que tinham a mente aberta e o membro sempre disposto a provar isso, transando com todo o universo de meninas e meninos da universidade. No fundo, os assuntos recorrentes começavam a ficar chatos.

O caso com o professor estava nas últimas quando, prestes a terminar com ele, revivi a angústia do homem desaparecido. O professor foi preso pela repressão em uma noite em que, por sorte, eu havia recusado o convite de dormir em sua casa, a pretexto de me concentrar para as provas. Era verdade: naquela noite tinha que revisar uma porção de coisas.

Todos silenciaram na universidade, e todos sabiam o que havia acontecido. Mas ninguém fazia ideia de seu paradeiro, para qual delegacia ou órgão da ditadura ele fora levado. Ele não havia me falado sobre o grupo — se é que havia um grupo — do qual participava. Talvez quisesse me poupar. Fui sozinha até o DOPS perguntar por ele, mentindo que era sua filha, com medo de ser presa. Deixaram-me a tarde inteira em uma sala de visitas que mais parecia uma cela, e então senti um desespero crescente, temendo que a qualquer momento sua família aparecesse — de fato, nem sabia se ele tinha família — e os milicos percebessem que minha história era mentirosa; que não era filha coisa nenhuma. Eu não era ingênua a ponto de achar que escaparia ilesa do inferno que se ocultava atrás das paredes daquela sala úmida onde o tempo se arrastava.

Horas depois, avisaram-me que ele não havia aparecido por ali, então fui até a delegacia do bairro, ao IML, hospitais, e parecia que, de todo mundo que ele conhecia, amigos, parentes, alunos, enfim, apenas eu me preocupava com aquele homem que havia partido, também ele, contra a própria vontade. Não tinha nada a ver com sentimento, com paixão, porque, no íntimo, eu torcia para que ele não fosse brutalizado e para que o desfecho de sua prisão fosse o exílio, para que não tivesse que terminar a relação em meio a seu choro.

O que me impulsionava na busca era algo de outra ordem: não poderia ficar omissa, e parecia inacreditável que só eu me preocupasse, e era um absurdo o fato de que, até o dia anterior, houvesse um homem entre nós que tinha uma vida normal, para, de súbito, virar um fantasma entre os seus. Pior que um fantasma: um ser esquecido por todos. Por isso fui procurá-lo, embora não tenham dado em nada as minhas tentativas.

Tive notícias um tempo depois da Anistia. Ele se casara com uma brasileira no exílio, e depois do retorno me procurou escondido da mulher, fez uma cara de menino carente que não combinava mais naquele homem e quase chorou ao me rever. Percebi que ele queria, mais do que tudo, me comer, talvez para provar algo para si, talvez na tentativa de recuperar um passado irremediavelmente esgotado, e não o aceitei. Naquele encontro breve em que nos revimos, do meu lado só caberia uma transa por dó, mas isso eu não queria mais.

dez

No último ano da faculdade, a maioria das disciplinas dispensava a presença em aula; boa parte do resultado que a universidade exigia era feito em campo, leituras e muitos, muitos trabalhos escritos. Nos preparávamos, aqueles que seguiriam a carreira acadêmica, para outras formas de estudar, pois em breve seríamos nós os professores; ocuparíamos o lugar de continuadores e subversores da tradição.

Os dias livres eu ocupava com minhas pesquisas e, de uma forma escassa, porém constante, prossegui na busca por pistas de papai. Quase toda sexta eu ia para a casa de mamãe. Às vezes, chegava sábado cedo, direto das festas.

Lá eu ficava boa parte do tempo no único quarto da casa de fundos, estudando, enquanto percebia uma movimentação de vizinhos que crescia com o tempo. Parecia que todos me conheciam, embora eu mal soubesse o nome deles.

Aos domingos, amigos de mamãe almoçavam em casa, e havia as ocasiões em que era ela quem ia almoçar na casa deles. Ou comparecia a eventos espalhados pelas periferias, como um batizado ou aniversário de parentes. Havia ainda a família de titio, aquele que nos acolheu quando chegamos, na qual a tradição das visitas periódicas obrigava a um revezamento que não podia falhar. Uma vez lá, outra cá, ainda que fosse a cada três meses. Nessas ocasiões, eu aproveitava para voltar mais cedo para o alojamento da universidade.

Percebia mamãe rindo e conversando efusivamente com os vizinhos, e eu achava ótimo para ela e bom para mim, que poderia me omitir dessas relações sem me sentir culpada por passar tanto tempo grudada nos livros.

Sentia-me quase uma estranha nas ocasiões em que, por algum motivo, a casa ficava lotada durante o almoço, o pátio cheio de gente, onde os homens olhavam de forma inequívoca para mim, e eu me sentia alguém de outro universo. Não sabia interpretar se as mulheres me viam com comiseração — imaginando que mulheres independentes rondassem o caminho do pecado e da perdição — ou com admiração.

No bairro inteiro contava-se nos dedos aqueles que alcançavam a universidade. Para as jovens, eu devia passar a impressão de ser a mais metida das criaturas, e, em vez de inspirá-las, creio que me desprezavam. Talvez esperassem por uma jovem que exalasse independência sexual e liberdade, algo com que elas sonhavam por causa das novelas, mas eu era tímida naquele ambiente em que me sentia deslocada, e era também orgulhosa, e disfarçava minha falta de tato com uma pretensa concentração nas coisas por fazer, nos compromissos, e embora as poucas horas em que ficava por lá nada prejudicassem minha vida, pensava que produziria bem mais se não fosse no quartinho de casa, mas na biblioteca ou no alojamento da universidade.

Reconheço que, no fundo, unicamente por meu egoísmo, não me dei naquelas relações e não procurava saber das coisas de que mamãe falava tanto; bastava vê-la feliz. Quando estávamos sós, à noite, ela mantinha seu mutismo em relação a si e insistia para que eu contasse como fora a semana. Quando os assuntos comezinhos e rotineiros se esgotavam, ela perguntava, mesmo se fosse apenas para ouvir minha voz, que tipo de coisas eu fazia e os assuntos que estudava.

Os vizinhos revezavam os almoços de domingo como um roteiro gastronômico regional. Ouvindo esparsamente as conversas, aprendi que a maioria vinha da Bahia, mas também havia mineiros, pernambucanos, uma família estranhamente originada de Brasília — de onde não vinha ninguém; ao contrário, muitos emigravam para lá —, outras do interior do estado e os portugueses, que mais raramente se misturavam. Mas todos se conheciam e constituíam uma confraria muito particular de um bairro muito especial, onde as ruas tinham os nomes de mártires ou evocavam lutas operárias, coisa da qual, estranhamente, não me dava conta e que só percebi muito depois, porque no cotidiano nos acostumamos a incorporar os nomes destituídos de sua origem. Assim eram os nomes das ruas: rua Evolução, rua dos Operários, rua Tolstói, rua Democracia, Kandinsky, Verdi e, finalmente, uma rua Coronel Fawcett, personagem estranhamente inserido entre essas barricadas. Eu passei a imaginar, quando me dei conta, quem teria sido o responsável pelo loteamento do bairro, com esses nomes improváveis.

Essas relações na vizinhança me davam a tranquilidade de saber que mamãe não estava só. Que tinha com quem contar se precisasse. Eu podia passar a semana fora — às vezes também o fim de semana — sem me sentir mal por isso. De repente, viajar um pouco mais. Era bom saber que mamãe tinha companhia, tinha amigos, tinha a filha independente. Finalmente, tinha paz.

Naquela sexta-feira, cheguei à casa dela um pouco mais cedo. Quando destranquei o portão que rangia, a vizinha da frente me chamou pelo nome, e eu, que vergonha, não sabia se seu nome era Tereza ou Antônia. Percebi que ela estava aflita, como se estivesse me esperando ou chegando de uma corrida. Pareceu desconfiada ao me ver, e o que ela disse fez aumentar essa impressão.

Ela contou que, um dia antes, na quinta-feira, uma viatura de polícia havia aparecido na casa. A vizinha estava reticente e parecia querer dizer algo mais, murmurava que eu tinha que tratar do assunto, e eu mal ouvia o que ela falava porque fiquei apavorada, lembrei do professor que tinha sido preso e dos lugares onde fui procurá-lo. Meu maior medo, contudo, era fazer minha mãe passar por aquela situação de terror, que é o que devia ter sentido ao saber, através da polícia, que estava sendo procurada.

Deixei a mulher falando sozinha e entrei na casa. Mamãe não estava; costumava chegar da fábrica no começo da noite. Eu tentava decidir se saía dali para evitar mais exposição ou se ficava esperando para tranquilizar minha mãe. Enquanto não me decidia, após um tempo carregado de ansiedade que não soube precisar, percebi, pela fresta dos vidros canelados da cozinha, que, no fim do corredor lateral, no portão que dava para a rua, uma pequena multidão estava reunida.

A vizinha chamada Tereza, agora sei o nome, tomou coragem e entrou no corredor acompanhada por um homem. Ela disse que ele tinha um carro e que poderia me dar uma carona. Eu procurei minimizar a importância do que estava acontecendo, disfarcei, disse que esperaria minha mãe e que depois pensaria nisso.

O homem do olhar compenetrado me interrompeu e disse que a polícia estivera procurando por um parente de mamãe para dar a notícia sobre ela. Eu não entendi direito, imaginei que se tratasse de uma notícia sobre algum parente, que só poderia ser da família de titio, nosso único aparentado na cidade. Ou então sobre papai, o que seria improvável, mas os acontecimentos daquele dia estavam me levando a conclusões extraordinárias, porque, no fundo, eu tentava permanentemente negar a possibilidade de que a polícia me procurava. Nessa perspectiva, torcia para que os interesses da polícia fossem outros. Por que não papai?

O homem disse:

— Não, minha filha, foi com a sua mãe.

Mesmo ele dizendo isso, respondi que preferia esperar pela volta dela.

As memórias daquele dia voltam em lapsos. Não sei se desmaiei, não sei direito o que aconteceu, lembro do homem me apoiando de um lado, quase me carregando, ajudado pela vizinha. Devia estar pálida, e a multidão que estava em frente ao portão abriu espaço silenciosamente, e vi rostos conhecidos dos almoços, e das visitas que mamãe recebia, me acompanhando até entrar no carro.

No banco do passageiro, ouvia sons abafados, não sei se endereçados a mim, e acho que murmurei monossílabos de desentendimento. Via a cidade passando através dos vidros do carro e insisti em voltar para que mamãe não se preocupasse; afinal, sexta-feira era o dia que eu costumava voltar para a casa dela.

Eu me convencia, no trajeto que parecia não ter destino, de que a qualquer momento estacionaríamos em frente a um hospital, quando finalmente, na frente do IML, o vizinho desligou o motor do carro.

Procuro, mas não lembro, tento, mas não consigo; é impossível recompor o liame dos fatos. Sei que fiz coisas que me contaram, mas a memória sonegou as imagens, soterrando-as nas profundezas de minha dor.

Não me recordo do momento em que reconheci o corpo de minha mãe. Lembro de outros fatos, como as obrigações burocráticas e as folhas de cheque que preenchia e assinava sem perguntar. Lembro quando o vizinho — que me acompanhou o tempo todo — tentou me interromper, preocupado que eu soubesse o que estava fazendo, o que equivalia a perguntar se tinha saldo bancário para assinar aquele monte de cheques do caixão, das flores, do cartório, do embalsamamento e da maquiagem, do translado e sei lá mais o quê, porque depois rasguei os cheques restantes e joguei fora o canhoto daquele talão, o último onde aparecia anotado o nome de mamãe.

Houve uma espera. Horas, certamente, porque já era noite quando me mostraram o corpo de minha mãe vestida, no caixão. A partir daí consigo lembrar melhor, ainda que com imagens diáfanas de uma estranha nebulosidade.

Nos deram privacidade, me deixaram só com ela em um cubículo estreito, na medida do caixão. Talvez tenha sido a única vez na vida — eu, que enfrentara tanta coisa — em que senti uma autocomiseração profunda, lembrando da noite solitária em que eu e mamãe carpimos a ausência de papai, e juntas cruzamos tão longos anos. Eu me vi novamente sozinha, agora na cidade, dessa vez, sem mamãe, sem mais ninguém que soubesse da noite de nossas incertezas e de nossas solidões quando papai partiu. Ainda que ela nada falasse. Ainda que não me coubesse dizer qualquer coisa, a não ser passar a noite em claro com ela. Os nossos silêncios, irmanados, tinham um valor profundo, que percebi naquele dia da morte de minha mãe.

Sentia dó dela, imaginando uma vida de privações, sofrimento e solidão, que não correspondia aos fatos. Mas eu queria me punir, imaginando-a mais só do que de fato ela fora, como descobri no dia seguinte, depois do enterro.

O vestido com o qual ela seria enterrada foi providenciado pela vizinha, que fora e voltara até nosso bairro para buscar a melhor roupa de mamãe. Avisaram que logo cedo eles levariam o corpo para o velório no cemitério, e me lembro, por fim, de dona Tereza me acomodando em sua cama, já em nosso bairro, na longa noite em que me percebi sozinha no mundo.

Dormi por duas horas. Já começava a clarear quando adormeci com uma completa ausência dos sentidos. Quando acordei, imaginei que teria pela frente uma cena solitária, no cemitério, onde estaríamos somente eu e mamãe, talvez titio, e mais ninguém. Talvez nos acompanhassem o vizinho, cujo nome eu ainda não sabia, e também dona Tereza. Mesmo assim, sentia que três ou quatro pessoas em um velório teriam o condão de provocar o aprofundamento do sentimento de pequenez dos enterros com poucas pessoas, que torna maior a sensação de esquecimento final, da morte derradeira.

Mas havia dezenas de pessoas no cemitério. Colegas da fábrica, vizinhos, a família de titio, gente demais, e eu me sentia indesejavelmente a atração principal do sentimento sincero que as pessoas devotavam a mim. Eu não estava acostumada com esse tipo de atenção. Mamãe era querida, era conhecida. E eu que a imaginava vivendo as agruras de migrante sem homem, de mãe solteira, como se fôssemos ainda somente as duas nos defrontando com um mundo desconhecido e hostil. Aprendi muita coisa sobre mamãe nos dias seguintes.

Planejei ficar uma semana na nossa casa, onde pretendia permanecer reclusa até me recuperar. Eu não queria ver ninguém, e avisei somente a uma amiga da universidade, para que não estranhassem meu sumiço.

Mas a todo momento alguém aparecia para conversar comigo. Pessoas que jamais vira, gente que reconhecia somente de rosto e que se intercalou durante a semana, trazendo-me alguma coisa para comer. E eu era uma só para um banquete que ia se empilhando em cima da mesa. Conversavam carinhosamente, como se eu fosse uma menina órfã sem ter quem cuidasse de mim. E falavam de mamãe. Falavam muito.

Afinal, graças a pessoas vagamente estranhas, fiquei sabendo de gestos e fatos irreais em relação à mãe que eu conhecia, mas que iam se tornando verossímeis e de uma clareza cabal.

Minha mãe falava muito de mim, contava sobre as teses que eu defendia de uma maneira tão lúcida, explicando o sentido genérico das coisas que eu estudava, que, mesmo distorcido pelas histórias recontadas e pelo que a memória não grava, refletia detalhes de minhas pesquisas que eu mesma não poderia ter contado de forma tão simples. Na rotina das coisas que contava para distraí-la, não podia imaginar que minha mãe estivesse prestando tanta atenção.

Entendi, naquela semana, que mamãe pouco falava comigo porque acreditava que assim me fortalecia. Tentava criar em mim força suficiente para que pudesse sobreviver caso ela me faltasse enquanto eu ainda era uma criança, e, depois, o hábito e os medos íntimos contribuíram para prorrogar esse comportamento até a adolescência e até poucos dias antes de a laje desprender da obra e cair no passeio público, rendendo 45 segundos no noticiário da tevê e três outros mortos além dela.

Decretou o nunca-mais de meu pai porque temia que ele não mais se importasse conosco. Transformou papai em tabu porque, se ele tivesse outra família, ela queria me poupar da desilusão.

Aos vizinhos, ela confessava sua perplexidade, a culpa por ter abandonado a cidade e não ter esperado um pouco mais; quem sabe seu homem tivesse voltado.

Mas também praguejava, tinha os momentos em que o acusava de safado, de ter outra mulher, de ter esquecido a família.

Quando fiz a viagem ao sertão em que descobri que papai nos procurou, mamãe já havia morrido, e não sei se contaria a ela minha descoberta. Talvez a poupasse de uma agonia desnecessária. Mas, das coisas estranhas que fazem a vida, só pude chegar a essa conclusão porque ela morreu. Porque de sua morte, sem querer, seus amigos me deixaram o legado de memórias que eu desconhecia; idiossincrasias inimagináveis de mamãe.

Contaram-me sobre o orgulho que sentia por eu ter ingressado na universidade e dos trabalhos que fui arrumando, e que lhe davam o consolo e a tranquilidade de saber que eu poderia me manter, e do muito que significava o pouco que a ajudava com dinheiro ou pequenas compras, que ela sempre queria rejeitar, dizendo que não precisava.

Longas conversas que tive e que serviam para celebrar a vida. Afinal, descobri, pasma, que mamãe teve um namorado, uma paquera com um homem da fábrica, que não durou muito, e gargalhei imaginando a mãe que eu supunha desajeitada e vazia sendo cortejada e saindo com outro homem. Entendi que ela relutasse em me dizer, e a cada revelação de vida própria que ela tivera, eu me sentia reconfortada.

Senti-me acolhida no bairro de uma forma desconhecida. Na universidade, as amizades eram profundas, mas feitas de camaradagem e de descobertas, em que quebrávamos barreiras antigas para construir algo novo. Mas as barreiras que meus amigos desfaziam eram nada, ou quase nada, porque tinham o conforto assegurado do lado de lá do entulho dos muros que eles julgavam derrubar. Eu não encontraria um só que soubesse o que significava não ter mais ninguém no mundo. Não ter a quem procurar quando tudo desse errado. Não ter o aconchego e o acolhimento, ainda que mudo, de uma mãe. Naquela semana no bairro, ainda pude sentir um pouco dessa responsabilidade afetiva que as pessoas procuravam assumir umas com as outras frente às desgraças do cotidiano.

Levaria um tempo para que esse tipo de ligação voltasse a fazer parte de minha vida, com Otávio e Anita.

onze

Os anos faziam aumentar a distância de papai. Nas raras ocasiões em que conseguia tempo, eu o procurava, porém, agora com método. Sabia que, se insistisse nas buscas nômades que fizera desde os dezesseis anos, não seria bem-sucedida. Passei a procurar por ele nos registros de sindicatos, em associações de migrantes e nas construtoras que ergueram prédios próximos à pensão onde ele morou. Algumas informações que reuni começavam a me dar esperança, então ampliei a busca para os órgãos públicos de saúde e judiciário.

Não contei a minha mãe sobre essas novas incursões, mesmo quando surgia uma pista que parecia promissora. Para ela, o nunca já havia acontecido nas primeiras semanas depois da nossa chegada à cidade.

No início do mestrado participei de um encontro de pesquisadores na Bahia e decidi prolongar a viagem. Fiz o caminho contrário de quando tinha nove anos e voltei ao sítio de onde saíra pelas mãos da minha mãe.

Minha mãe já havia morrido, mas durante sua vida reuni todas as informações que consegui a respeito do lugar de nossas origens, porque planejava voltar, cedo ou tarde, para lá. Foi difícil encontrar, porque não havia nomes para os caminhos; eram trilhas marcadas por bois, cavalos e gente: lugares isolados e sem batismo. Tinha sempre sido assim, e ainda era, depois que a represa alagou metade daquele mundo. Porém, chegando no vilarejo e mencionando o nome das paragens e o pequeno rio intermitente que não existia mais, descobri a direção do nosso sítio.

Não sei até onde consegui chegar. Andei pelas margens da represa tentando lembrar de alguma referência do outro lado do lago, onde havia alguns morros que ficaram acima das águas e que eu imaginava reconhecer. Percebi que as lembranças que trazia estavam irremediavelmente comprometidas, como acontece com boa parte das memórias da infância. Sentei-me na margem, imaginando que logo ali, a poucos metros sob as águas, exatamente em frente, estariam o sítio, o rio e a estrada por onde papai partiu. Uma sensação de ausência, não só de papai, mas de tudo de que eu era feita. As águas, as mesmas águas que não vieram a tempo da nossa fuga, agora impediam que revisse na lembrança a cabrita fedida, mamãe e papai no sítio, e a mim mesma ao lado da casa de barro. O pior de tudo era que não poderia, nunca mais, rever o rancho, para transformar em certeza a impressão de que eu estava no lugar certo.

Reconstruíram a vila a vinte quilômetros dali. Na igreja, o padre ainda era o mesmo que me batizara e me dera a primeira comunhão; aquele que recebia as cartas dos migrantes e as lia para as famílias.

Eu fiz um esforço para reconhecê-lo, mas o rosto envelhecido não era o mesmo que eu guardava da meninice. Ponderei se seria realmente o mesmo padre, então contei minha história, imaginando que aquele velho deveria colecionar tais desencontros aos montes. Ele respondeu dizendo que se lembrava, sim, de nossa família, e de mim, vestida de noivinha.

Duvidei de sua memória e senilidade. Éramos todas iguais, as crianças e as famílias, apressadas nas decisões que a seca nos impunha. Então, ele disse algo que me surpreendeu, que se diferenciava da rotina, que era ter percebido meu pai com os olhos marejados, e que ele, o padre, se rira por dentro, comovido com aquela cena rara naquele canto do mundo. Senti um arrepio e, dessa vez, era eu quem começava a ter a vista nublada. No entanto, mantinha a incredulidade, imputava coincidências, ao mesmo tempo em que não queria mais ouvir o homem falar, como se alguma revelação pudesse desmontar de vez a minha negação do nunca.

Ele se lembrou das poucas cartas que chegaram e depois o silêncio e depois o momento em que abençoou minha mãe quando ela disse que estava partindo comigo. Eu pressentia algo, meu senso comum insistia que aquele senhor vergado sob o sol e sob a própria idade não poderia ter memória tão profunda, e eu não queria continuar ouvindo.

Finalmente ele disse algo para o qual eu não estava preparada, mas de alguma forma misteriosa eu já adivinhara. Algo doloroso demais.

Disse que meu pai voltara para nos procurar.

Alguns meses depois que parti com mamãe, ele chegou na vila e foi direto para o nosso rancho da curva do rio, que encontrou deserto. Do sítio abandonado, foi para a igreja, onde soube que tínhamos partido em sua busca. Então se ausentou por alguns dias, foi até a casa do irmão — aquele que havia nos ajudado —, onde não conseguiu saber nada além do que o padre já havia dito: que mamãe partira e que tinha parentes na cidade grande, só isso. Então ele voltou para a vila, despediu-se do padre e partiu novamente em nosso encalço.

Meu último pensamento foi sobre como mamãe poderia ter se esquecido de deixar o endereço de seus parentes. Um rabisco em um pedaço de papel era só o que minha mãe tinha, e era tudo de que ele precisava para nos encontrar. O fato de ela não ter pedido para alguém copiar o rabisco — o padre — seria algo surpreendente para qualquer um que não fosse eu, porque eu sabia, conhecendo-a, do estado de sua alma quando decidiu partir comigo.

Talvez pensasse que todos se conheciam na cidade e que seria simples obter direções e respostas, como no interior. E que, da mesma forma que julgava fácil encontrar papai, assim seria também se fosse ele a nos procurar.

Mas isso ela nunca soube, porque estava morta, e, com sua morte, ficaram sem explicação os erros inocentes e irremediáveis, feitos de detalhes como aquele; equívocos que acabam sendo os senhores da vida.

Sentei-me quando recebi a notícia; estava de costas para a entrada da igreja e senti que papai estava atrás de mim, entrando para desfazer o que o tempo havia feito em nós. Era tão forte sua presença que não olhei para trás, porque sabia que ele não estava lá de verdade. Mas queria carpir um pouco mais essa ilusão. O rosto dele, que esmaecia depois de tanta distância, agora aparecia nítido em minha memória. Então eu o vi, desesperado, naqueles dias de busca sem respostas, sem poder encontrar sua menina de nove anos — talvez dez, naquele momento —, para depois fazer o caminho de volta, impassível na aparência, mas desolado daquela vida que nos condenava aos ermos da separação.

E eu chorei na frente daquele padre velho, eu que quase nunca choro e menos ainda diante de um estranho, em um ambiente que decidi desprezar. Fiz também o caminho de volta, em um estado de alma lastimável e decidida a continuar minha busca, quase vinte anos depois de ter visto meu pai sumir no horizonte.

doze

Otávio foi uma espécie de susto. Sustos são repentinos, sem aviso e atordoantes. Pode ser uma barata pousando na perna, um trovão do qual não se viu o raio ou alguém que faz uma surpresa. Nessa hora, os sentidos são mais rápidos que a razão. Mais rápidos que a capacidade de saber se, diante do inesperado, a reação foi exagerada ou ridícula.

Mas no fundo foi isso. Otávio foi um susto que se transformou em obsessão. Julgava-me imune havia muito tempo — na verdade, desde a adolescência — a reações impulsivas. Chegara aonde queria: consegui uma vaga de professora-assistente na universidade, meu mestrado foi brilhante e a única dúvida era escolher o local do doutorado, no Brasil ou no exterior. Essa era minha prioridade; uma escolha difícil, recheada de prós e contras. Não sentia falta de nada, não desejava relações permanentes e continuava muito bem com as amizades e as festas.

Dois anos tinham se passado desde o aborto. Via Caio mais raramente, e embora pareça estranho, ele me via mais do que eu a ele. Dos homens que encontrei nesse tempo, nenhum passou da cama, e eu colecionava certa diversidade, embora enjoativa, porque quase todos eram do meio acadêmico. Eles me assediavam, alimentando a ilusão de que, se conseguissem transar comigo, penetrariam em um espaço mágico, feito da miragem de posse de uma mulher endeusada, como se alcançassem o conteúdo de um livro idolatrado. Como se o livro de Caio fluísse através de minhas pernas. Eu me aproveitava, porque achava que fazer o papel de sedutora era enfadonho, atrasado e um desperdício de tempo. Era mais cômoda aquela situação: os homens me procuravam e eu escolhia os que me agradavam. O que queria mesmo era me divertir e dar satisfação ao corpo e ao desejo — ou ao desejo de ser desejada —; eu gostava, e estava bom assim.

    Cheguei um pouco atrasada, e Otávio já estava à mesa do restaurante. Quando nos apresentaram, seu sorriso de menino satisfeito me inquietou. Um sorriso do tipo que não fica impune, como se arrancasse um pedaço desprevenido das minhas defesas.

    Eu tinha sido convidada por um colega da universidade, o Rodrigo, que comemorava seu doutorado. Eram amigos desde a infância, e Otávio era o único desconhecido na mesa, pois os outros eram do meio acadêmico.

    Otávio era médico, uns cinco anos mais velho, e nem imaginava quem eu era; desconhecia o livro de Caio e, pelo que entendi, mantinha uma amizade longa e sem debates de especialistas com o nosso amigo em comum. Quer dizer, pouco ligava para as ciências humanas da mesma forma que não fazia proselitismo da medicina ou de seu status de médico. Era o tipo de amizade em que só contava o prazer da companhia entre amigos, sem expectativa a não ser compartilhar o tempo sem cobrança nem cálculos políticos.

    O humor de Otávio, que correspondia ao sorriso aberto, fazia com que fosse bem aceito em qualquer lugar. Mesmo em meio àquele bando de acadêmicos, era querido e popular. Ria muito.

    Era o amante de que eu precisava, naturalmente capaz de desarmar uma mulher, e continha a promessa de uma gostosa frivolidade a dois. Eu estava cansada de sexo-cabeça. O desejo por ele me assustou; me lembrava o sentimento tolo de uma adolescente, algo já tão deslocado de mim, eu, madura, eu, tão experiente e imune a essas coisas. Faltava pouco para fazer trinta anos.

    Mas aquele sorriso, que imaginava dirigido a mim, mostrou-se o sorriso comum, igualmente distribuído a todos na mesa onde ele mudava quase imperceptivelmente os assuntos que giravam pela política, pela filosofia, pela antropologia. E ele, sem o menor interesse por essas coisas, sem demonstrar tédio, sorria e fazia piadas ou falava de viagens, e as pessoas se esqueciam por um momento da seriedade do mundo e se deixavam levar por suas histórias.

Ele mal olhou para mim durante o jantar. E eu, que não procurava os homens, mas eles a mim, em território onde era poderosa e os homens, previsíveis. No território que dominava, percebi que a verdade para um pesquisador é algo apenas aproximativo; jamais alcançável. Mesmo que pareça que a verdade está a um palmo do nariz. Assim como Otávio, tão perto de mim e tão indiferente, sem manifestar o menor interesse em me abordar.

Deixei Otávio virar uma obsessão; ele era como um livro exposto na vitrine. Eu queria ir mais fundo, extrair daquele homem a sua substância, saber o que o fazia rir, descobrir como ele era, naquela região da alma que só um amante pode alcançar. Sentia-me e sabia-me ridícula e anacrônica. E se quisesse me proteger, tinha os recursos para isso. Saberia analisar o que me movia naquela direção, deixando-me levar por algo fora de propósito e de projetos — que eu já tinha em demasia. Era hora de tomar decisões que refletiriam para o resto da vida, e uma paixão não se encaixava.

Estaria fraquejando e desviando energia no momento em que eu mais precisava ter a cabeça no lugar? Perdas, abandonos e traumas? Era isso? O que me levava a Otávio era um mistério. E ainda, se fosse uma ilusão — como era —, achar que eu daria conta sozinha da resposta me autoanalisando! Pelo menos poderia conversar com algum amigo analista. Não fiz nada disso. Otávio era uma tentação gostosa demais, que eu queria saber de que era feita.

Ele me evitava no início, o que fazia aumentar a minha fixação. Até ali, eu tinha aprendido que, na vida ou na carreira, a gente não pede licença; invade e conquista. Mas o desejo não pede perdão; encontra brechas, searas estreitas, infiltra-se na alma de qualquer mulher, até daquelas como eu, que julgava conhecer os recônditos do ser e me iludia achando que apenas o conhecimento seria suficiente para me dar estrutura emocional e física, e que poderia — pura arrogância — estar imune às heranças que cada um carrega desde sempre.

Pensando bem, a psicanálise poderia ter me ajudado. Mas eu queria aquele homem; parecia-me mais interessante procurar domar o desejo do que tateá-lo. De tudo, fica um pouco, e eu me julgava forte. Inclusive para essa aventura insólita.

Otávio me evitava, disse-me depois, porque achava que as relações com intelectuais resultariam em brochantes análises políticas ou sociológicas sempre que surgissem variações na cama.

— Não consigo imaginar nada pior do que, no auge do tesão, sugerir uma fantasia e ouvir como resposta uma bronca a respeito de dominação.

— Fantasia é achar que todos somos iguais e tão chatos assim — respondi, na defensiva.

Outra coisa que o incomodava era a reação previsível dos intelectuais militantes — ele assim chamava os que aparentemente não tinham outra vida além da acadêmica, quando praticava seu bom humor de piadas fúteis. Ele não queria ter alguém ao lado para ficar discutindo a relação ou, pior, a condição humana. O que esperava de um relacionamento era tão somente estar em paz.

— Então você quer encontrar um robô para o lar — provoquei. — Alguém que não pense?

— Não se trata disso, você está distorcendo ou então se defendendo...

— Nada disso. Eu quero entender que tipo de amigo, amiga ou amante — dei a dica — você aprecia, porque me parece inevitável, de vez em quando — minimizei —, que as pessoas tenham conversas sérias...

— Acho que o ponto é a vergonha. Os intelectuais têm vergonha de falar sobre o que não dominam... e eles não dominam a vida. Lembre-se de que o Rodrigo é meu amigo; só que ele mantém comigo uma velha amizade feita de coisas bobas e confidências, e isso é vital para qualquer relacionamento.

— Entendi. Você quer alguém sem vergonha, é isso? Talvez muitos de nós sejamos assim. Não é só o Ricardo…

Um pouco desconcertado pela direta, ele riu, e eu também.

— Vou explicar melhor: eu gosto de quem não tenha vergonha de ser frívolo nos momentos de angústia ou de tesão, que não se incomode de passar por ridículo quando isso acontece, que ria de si quando der uma bola fora e que possa ser fútil na hora de se divertir. Finalmente — embora já tenha dito mais ou menos isso —, alguém sem ressentimentos na cama.

Depois riu, confessando que, de fato, havia exagerado, descrevendo o impossível para uma relação a dois, mas, de tudo o que dissera de improviso, garantiu que não havia traço de robô em uma pessoa assim, mas, pelo contrário, muito de humano.

Finalmente entendi porque ele me atraía. Eu precisava desses momentos que ele prenunciava.

O sexo com os homens com quem convivi, cumprindo a cartilha do livre amor, era do tipo cada um por si. Ninguém perguntava como o outro se sentia depois da transa. Durante a transa, ora, cada um que se arranjasse com seu prazer. Era progressista e igualitário. Mas era injusto, porque os caras que terminavam rápido não estavam nem aí, acendiam um cigarro e levantavam as calças. Eu não podia fazer nada a não ser riscar da minha agenda os maus amantes; entregava-os para o esquecimento. Eu é que não ensinaria a um cara ruim o que ele deveria aprender ou fazer. Partia para o próximo.

Com Caio tinha sido diferente, porque ele foi o primeiro a elevar o prazer a uma categoria rara. Era um pouco tímido, é verdade. Mas foi isso que impediu que a gente transasse nos primeiros encontros. Por algum motivo não combinado, ficamos um tempo a alimentar a tensão do momento do encontro. Ficamos semanas nos encontrando à toa, noite adentro em bares, ouvindo música em meu quarto, flanando. Ele falava de poesia, de literatura, de sua ansiedade em começar uma nova carreira e da insegurança sobre a qualidade de sua obra. Eu entendia — e gostava — de literatura, mas falava também sobre as minhas próprias dificuldades, encruzilhadas e escolhas que deveria fazer. Contava para ele da insegurança sobre o tema escolhido para a conclusão de curso — e o mestrado — e da dúvida se conseguiria dar conta do desafio.

Em uma noite, no apartamento dele, aconteceu. Finalmente aconteceu, e da maneira como a gente foi alongando o momento por semanas, me lembrou a minha primeira transa. Eu não imaginava poder sentir novamente o medo, o frio na barriga, a garganta seca. Fosse ou não pela novidade em relação aos casos comuns que tive, aquilo foi muito bom. E até então, era o homem de quem eu não esperava nada além do que me dava.

A diferença com Otávio foi na intensidade, porque transamos no segundo encontro. Não houve o crescente do desejo acumulado, mas ele expandia o tempo nos toques sem pressa, nos beijos memoráveis, em um tipo de dedicação ao meu corpo que eu desconhecia e que me transformava em uma mulher preguiçosa e entregue àquela forma lasciva a que ele me levava enquanto eu gritava sem me importar se os vizinhos escutariam.

No dia seguinte, jurava que iria me impor na cama, mostrar do que era capaz, até que ele chegava e eu esquecia a promessa. Ele mencionava um livro ou filme com o qual se identificara, de cujo nome não se lembrava, e cujo protagonista dizia que, para ele, fazer amor era um ato estético e merecia a dedicação de um artista. Foi uma coincidência inimaginável que Caio me tivesse dito algo semelhante. E tive que reconhecer que Otávio me fez aprendiz, eu que julgava conhecer tanto.

Até conhecer Otávio, eu imaginava que os médicos deviam ter algum bloqueio emocional. Achava que a poesia dos corpos se perdia nas aulas de anatomia e que toda a graça que existe em tocar um corpo, trocar fluidos e desejar devia perder a magia porque um médico sabia exatamente do que aquilo era feito. Sob a seda da pele, ele devia enxergar sistemas, líquidos, bactérias, sangue. Pensava em como poderia ser a relação de uma urologista com o pênis do amante. Porque, não importa a qualidade da transa — coisa que, infelizmente, só se descobre depois —, existe o momento da revelação, em que um é sempre diferente do outro, e também o tato, porque segurar forte o membro revela diferentes consistências, um jamais igual a outro. E eu pensava em como alguém poderia aproveitar esses momentos se já tivesse visto aquilo aberto e fatiado, sabendo que uma das coisas mais efêmeras no mundo é um pênis ereto. Mas estava enganada.

Comentei isso com Otávio. Ele riu e disse que os intelectuais, esses, sim, são os que menos aproveitam, e que somos os maiores ignorantes na relação com as pessoas. Os médicos, dizia, separavam muito facilmente o que está fora do que está sob a pele, mas nós, os intelectuais, separávamos as pessoas na alma. Era por isso que tinha me evitado no início, porque achava que perscrutar os pensamentos do objeto amado era pior do que ver corpos dissecados. Otávio tinha o que me ensinar.

Ele não estava de todo errado. Em certa medida, do nosso Olimpo, julgávamos todos, principalmente a nós mesmos. Nosso dogma nos dizia que sabíamos tanto, que sabíamos tudo, e os outros eram objeto de estudo. Essa ilusão nos colocava como seres luminares, e nossa modéstia e nossa humildade se resumiam à condescendência, porque quando aqueles que julgávamos proteger — ou seja, a sociedade inteira — agiam de forma a contestar nossas certezas históricas, dividíamo-nos entre o desprezo e a ira.

Eu mesma senti isso na pele, não com intelectuais, mas com outra tribo semelhante, quando vimos o quadro dos retirantes na exposição em Brasília e eu quis contar que também fora retirante. Eles me olharam da mesma forma como eu via meus colegas olharem alguém que não tinha autoridade intelectual para dar palpites, e, pior, agir contra as poderosas correntes da história. Eu era diferente? Talvez um pouco. Em parte, por minhas origens, com certeza. Mas, no embalo da época e da idade que tinha, carregava um pouco dessa maneira de ver os outros, sempre com tendência a analisar. De certa forma, contradizia o meu passado, porque sabia, como ninguém ali, a intimidade de um país que eles julgavam decifrar.

Quando alguém de fora falava, analisávamos. Quando alguém agia, psicanalisávamos; se fosse um leigo de outra área de conhecimento, ou ainda um aluno calouro, tínhamos hipóteses sobre as origens obtusas de seu pensamento e suas raízes sociais. Éramos arrogantes com um brinquedo novo, porque na nossa idade estávamos assumindo posições substituíveis de professores insubstituíveis, na lacuna de um momento perdido em que os melhores pensadores haviam sido expurgados pela ditadura.

Nas pessoas comuns, não enxergávamos gente de verdade, mas vítimas de manipulação, alienação, comodismo, consumismo conduzido por publicitários vis, inapetência política, enfim, gado que deveríamos conduzir para acertar o rumo da manada. A maioria de nós ficava perplexa com a sucessão de erros e fracassos no nosso meio.

A ditadura estava para terminar. Uma geração interrompida voltava do exílio para ocupar os espaços que estavam à espera. Um dos anistiados foi para a reitoria e derrotou um amigo que eu admirava e para quem fiz campanha. Mas aquele que ocupou o lugar merecia mais do que meu amigo, pois passara o exílio se aperfeiçoando em administração pública e, quando voltou, tinha pós-doutorado. Foi caindo nossa ficha de que, isolados pela casca de ovo da ditadura, nós, os que ficamos no Brasil, estávamos defasados. Era hora de encarar minhas limitações. Era hora de aceitar que não éramos tudo aquilo que achávamos. Eu precisava me atualizar no exterior. Era assim que pensava — deveria enfrentar minhas próprias debilidades — e planejava os próximos passos de minha carreira. Enquanto isso, aproximava-se a data do casamento com Otávio.

treze

Duas coisas provocaram uma transformação em meu jeito. Talvez três.

A facilidade com que eu tinha os homens — ainda que, porventura, me procurassem iludidos por uma aura de poder e força — fazia com que eu não me importasse muito com questões de aparência. Onde eu vivia, o conteúdo era mais valorizado.

Talvez fosse bonita ou gostosa, como eles alardeavam, mas, no espelho, isso era uma coisa que eu não procurava. Penteava os cabelos molhados, deixava-os soltos e saía para a rua sem maiores cuidados. De vez em quando passava um batom. Era o final do mestrado e estava recém-casada quando fui para um congresso na Europa, calçando um tênis bamba, bata e uma calça branca de algodão. Era o figurino normal da moda da nossa turma, porém, mais adequado a uma estudante do que a uma mestra. A primeira sensação quando entrei no auditório foi a de que havia me enganado de endereço. Encontrei homens de paletó, alguns com blusa de gola rulê — o que depois se tornaria um clichê —, e mulheres perfumadas, vestidas e maquiadas. Achei que era um encontro burguês de algum setor empresarial. Mas não era, não. Em vez de me sentir autêntica, fiquei envergonhada naquele meio.

Por outro lado, fui bem aceita, porque os participantes oriundos de ditaduras das Américas, da África ou do Sudeste Asiático, contavam com a simpatia geral. Fui aplaudida na minha apresentação que durou meia hora, mas entendi que, em vez de mestra, eu me sentia como uma atração de circo que os europeus ouviam com comiseração. Entendi que precisava de mais, e que, se não me dedicasse a fundo, minhas chances no velho mundo se restringiam aos congressos e colóquios. Eu precisava mudar.

Outra coisa era o jeito como Otávio me tratava. O tipo de atenção carola que ele me dedicava não poderia ficar sem resposta. Estava apaixonada por um homem diferente daqueles com quem me envolvia — desodorante vencido, mau cheiro no pé, hálito horroroso, sexo insatisfatório.

No início, sentia desconforto com Otávio, um homem que cuidava da aparência e praticava uma gentileza ostensiva. Isso me desagradava em público, colocava-me em uma zona burguesa e condicionada que eu negava. Depois, fui me sentindo culpada, porque não mexia uma palha para agradá-lo, e já não era tão segura na cama como antes. Ele ria quando eu me antecipava para abrir eu mesma a porta do carro, algo que virou uma disputa bem-humorada e que ninguém entendia quando os dois corríamos para ver quem chegava primeiro na porta do passageiro. Até nessas pequenas coisas ele me fazia bem, porque era uma disputa descontraída sobre manias e comportamentos que ele tinha e demonstrava que não cederia.

Era inevitável que nossos mundos se misturassem, porque eu não estava disposta a orbitar sua vida em detrimento da minha. Era como uma segunda existência para Otávio quando encontrávamos meus amigos, que pareciam intensificar as provocações libertárias e acendiam ostensivamente suas baganas ou discursavam contra a ditadura, como se Otávio personalizasse as instituições por sua condição social, mas ele acabou se enturmando e parecia um de nós, porque, afinal, para ele era imperdoável, onde fosse, e com quem fosse, estragar os momentos e perder as piadas. Também era uma segunda existência para mim quando os amigos eram os dele, mas eu mantinha um certo mal-estar irresistível — não sei até que ponto isso era evidente para os outros — quando frequentava ambientes de pessoas polidas. Mas sempre, como ensinava o poeta, de tudo resta um pouco, e fiquei quase íntima de dois de seus amigos e sentia falta quando eles não estavam nos encontros, porque com eles eu conseguia me soltar e conversar sem o desconforto e o sentimento de que precisava interpretar um papel. Mais tarde, um deles — posso dizer que virou meu amigo — me aliviou da dúvida e do desespero que me acometeram quando eu não sabia explicar o que estava acontecendo comigo e com Otávio. Quanto à família, coisa que eu não tinha mais, descobri que sua presença era inevitável no casamento, o que me exigiu enormes esforços para aguentar os encontros dominicais e a presença macabra de minha sogra.

Finalmente, entramos em uma década em que nossas conquistas pareciam escorrer com a água do banho. O enfrentamento, não da ditadura, mas das nossas próprias opções, colocou-nos em xeque. A revolução sexual, a liberdade do corpo, o aborto, a música, a literatura, a revolução, tudo o que criamos foi sendo institucionalizado ou massacrado, e logo depois ratificado pela injustiça inexorável da aids, que talvez tenha sido o principal símbolo do fim do sonho e desbunde de uma geração que, como nenhuma outra, transformou a cultura.

É fácil analisar hoje dessa forma, mas, para a gente, foi doloroso, foi mortal, e começamos a nos dispersar e a ocupar os espaços políticos da forma mais vergonhosa.

As mudanças que eu precisava fazer no meu jeito foram sutis, porém intensas, porque antes eram impensáveis para mim. Aprendi a me maquiar, a me vestir com mais formalidade, a me perfumar, com o cuidado ou a ilusão de não me descaracterizar em meio a essas concessões.

Afinal, se eu quisesse dar o próximo passo na carreira e fugir da estagnação local, precisava conquistar a Europa e teria que agir em Roma como os romanos; se eu quisesse ficar com Otávio, tinha que aceitar que ele era diferente, e na medida em que ele me aceitava até aquele momento sem que eu fizesse concessões, isso não duraria para sempre. Eu sabia que era uma ficção achar que daria para compartilhar uma vida sem ceder em pequenas coisas. A ditadura acabava, o mundo que sonháramos se mostrava diferente, e eu tinha duas metas: ser a melhor na minha área — precisava continuar meu aperfeiçoamento no exterior — e ficar com Otávio, que eu amava e que me dava a frivolidade tão importante para lidar com esses dilemas profissionais e existenciais.

Fico com a impressão de que fiz um enorme discurso apenas com o propósito de me justificar. Tanta coisa dita só porque passei a me maquiar e me vestir diferente. Mas não era pouca coisa para mim: é importante dizer que transformações não são fáceis, porque quase sempre envolvem certezas arraigadas. Por mais bobas que pareçam.

Eu disse a ele que tinha que passar de dois a quatro anos fora. E Otávio, isso era tão dele, perguntou se era para já, eu disse que não, e ele respondeu que na hora certa a gente veria o que fazer. Isso me irritava, porque era como se ele não me levasse a sério. Eu julgava que havia feito tantas concessões para ele, e que, em troca, Otávio poderia ser mais claro ou compromissado em relação ao doutorado na França que eu planejava. E que acabei fazendo por aqui mesmo.

Não era verdade. Nem todas as concessões eu aceitei. Ele tentou se casar na igreja, alegando que isso contentaria muito seus pais; em particular, a mãe. Aprendi a me arrumar para ele e para a carreira, aceitei casar sem achar necessidade desse ato, mas igreja, aí já era demais. Ele não insistiu, e do cartório fomos direto para a festa na casa de seus pais, e de lá para Buenos Aires, onde ficamos uma semana.

catorze

Em nosso apartamento, no qual Otávio morava antes do casamento, um dos quartos vagos virou o escritório, e centenas de livros ocuparam todo o espaço disponível. Sobre a escrivaninha, coloquei a caixa de papelão. Meu pai era essa caixa, e era hora de mostrar a Otávio coisas de minha vida que só contara pela metade, porque nossa intimidade era feita de sexo, diversão e bons momentos. Eu falava pouco sobre minha história. Agora, outras caixas precisavam ser abertas, haveria uma cumplicidade que eu temia e desconhecia: feita de vida a dois, que não se sustentaria somente à base de sexo, diversão e bons momentos.

Chamei-o e fiz com que se sentasse à escrivaninha. Em pé, a seu lado, abri a caixa.

— Aqui, Otávio, está tudo que sei sobre meu pai.

Conforme mexia com dedos tímidos em anotações, recortes, boletins policiais, anúncios, guias de internação, fichas de sindicato, contratos de trabalho e certidões de registro civil, eu me sentia devassada como se estivesse em um exame invasivo, um desconforto de mostrar, pela primeira vez, entre envergonhada e aflita, as minhas coisas mais íntimas.

— Mas... quantos pais você tem? — ele perguntou, e, surpresa, ri com ele. — Mas... você não disse que ele desapareceu quando você era criança? Tem coisa aqui mais recente, de quando você já era adulta.

— Sim, mas o que não te disse, aliás, não disse para ninguém, é que nunca desisti de procurá-lo, e desde os dezesseis anos venho juntando tudo o que poderia me levar até ele.

Ele entendeu, de forma mais rápida do que eu esperava, o que aquilo significava para mim. Concentrado, começou a organizar os papéis, em busca de um método que levasse a alguma conclusão.

— Não adianta, Otávio. As pistas que levam a meu pai são todas diferentes.

— Mas está errado, amor. Você tem que começar pelo princípio. Pela data de nascimento — falou, separando alguns documentos. — Depois, vamos para a idade atual. — Outros documentos, nenhum se sobrepondo aos primeiros. Ele começou a ficar atordoado e talvez pensasse que eu estava reunindo dados sem método algum.

— Otávio, é mais complicado do que você pode imaginar. Acho que meu pai desconhecia sua própria data de nascimento.

Eu tinha que falar de uma vida que era tão distante do mundo de Otávio que tive que começar pelo princípio, mas não o princípio que ele esperava, razoável, certo, definido, como um documento com foto.

— Meu pai não tinha documentos quando migrou. Acho que nunca teve.

Embora tentasse contar a Otávio de uma maneira que fosse banal e comum, afinal minha história não fora diferente da de tantas outras famílias a quem ocorreu o mesmo, percebi que sob o tom neutro da minha narrativa, eu estava revelando coisas que jamais contara a alguém, e me sentia enredada, exposta; me devassava como quem se enfraquece. Não queria ser a heroína de um mundo improvável para Otávio, mas, menos ainda, queria sua comiseração. Talvez tenha conseguido disfarçar a maneira como eu sentia a pulsação marcada e o som que, sob o meu peito, o coração parecia gritar. Mesmo assim, tentando manter uma distância fria entre o que contava e o que se passava dentro de mim, Otávio deixou os papéis de lado e pousou sua mão sobre a minha, transmitindo com uma clareza superior às palavras que me compreendia e que estava ao meu lado.

E eu, que nunca em minha vida havia recebido demonstração de afeto tão íntimo, diante de um toque de mão tão eloquente, reagi com certa hostilidade, dividida entre o afeto e o sentimento de liberdade e independência de que eu — acreditava — era feita.

De alguma maneira, eu contrastava os elementos diferentes de nossas vidas com certa agressividade, como se ele fosse responsável pelo que passei. Ele não se alterou; talvez entendesse a tormenta de minha entrega mais íntima.

Contei sobre o vulto de papai de costas, a solidão de duas mulheres que aguardavam o homem ausente, sobre meu primo e os abismos tão iminentes que me rondaram. Narrei a sensação atroz que me acometeu quando soube que papai fora nos procurar e já havíamos partido. Contei tudo; eu era sua mulher e senti que precisava me desarmar de um passado que eu mantinha recôndito. Por um lado, senti alívio e paz; uma sensação de intimidade feita das confidências difíceis. Mas, como se não quisesse me sentir fragilizada, como se meu lado autossuficiente gritasse contra uma suposta fraqueza, mudei o tom para uma certa rudeza, transformando Otávio em um personagem secundário (terá sido a primeira vez?), de certa forma responsável por coisas com as quais nada tinha a ver.

— Diferente de você, quando aqui cheguei e mal tinha o que vestir, passava fome na escola porque não sabia que, para pegar a merenda na hora do lanche, bastava entrar na fila. Naquela época, eu me sentia uma espécie inferior de menina, envergonhada, sem saber que tinha direito à minha porção.

Fui agressiva nessa hora, não porque tivesse raiva dele, mas por reação a mim mesma, por ter me revelado, revelando minha vida, e meus olhos marejaram.

Sabendo que eu estava no meu limite, ele percebeu que deveria intervir de alguma maneira. Otávio se viu diante de uma mulher que desconhecia: a mulher independente, inteligente e talvez bela, talvez atraente, que um dia entrou em sua vida em uma comemoração no restaurante. Evitando que eu desabasse de vez, talvez tenha enredado pelo pior caminho com a pergunta que fez em seguida, mas acho, pensando hoje, que ele era inteligente o suficiente para saber que aquilo que perguntou era o suficiente para me tirar do estado frágil em que me encontrava e para despertar o orgulho que eu tinha por ter conseguido superar o passado e ter seguido como um trator pela vida.

— Você passou fome?

— Na idade que eu tinha isso não importava.

— Como não?

— Uma menina sente fome. Não se engane. A fome dói, primeiro, no estômago e, depois, nos ossos. Mas a menina não sente o medo da fome.

Mais calma, entre aliviada e arrependida por ter me confessado, completei o que queria dizer, pensando em meus pais:

— O medo que uma menina sente é o da ausência dos pais. Eu não compreendia o que os aterrorizava: eles sentiam o medo da fome. O medo da fome rondando a filha. O prenúncio da fome é seu momento mais terrível, e foi isso o que nos separou.

Otávio voltou aos papéis, tentando novamente encontrar uma saída lógica, e eu não deixei que prosseguisse, porque tudo que havia para fazer eu já tinha feito. Só restava aquela caixa de papelão, e a decisão que vinha prorrogando para concluir a minha procura.

— É o mais próximo do que posso chamar de exatidão. Por isso, da idade que minha mãe disse que papai tinha, pesquisei três anos antes e três anos depois de seu provável nascimento. Do local onde ele nasceu, ampliei as buscas pelas cidades vizinhas. Foi assim que consegui algumas certidões e registros de batismo de homens que tinham o mesmo nome de papai e que provavelmente emigraram.

— E quanto a esses registros mais recentes?

— Consegui aqui na cidade. A mesma coisa, homônimos com a mesma idade de papai, que vieram da mesma região.

— E agora?

— Agora tenho que procurar um a um, esses vinte e cinco homens com o mesmo nome de papai, ainda que nenhum deles seja quem busco. Podem estar mortos, podem ter se mudado, e se ele não for um desses vinte e cinco, talvez nunca — é o que minha mãe costumava dizer — conseguirei descobrir o que aconteceu com ele. Talvez por isso, pelo medo de não encontrá-lo, foi que não dei o próximo passo.

— Se você precisar, eu vou contigo quando estiver pronta.

— Se sentir que preciso, vou te chamar.

Arrependi-me de tê-lo tratado de forma dura — como se fosse um intruso — naquele início de noite. Lembrei-me de uma discussão inútil, como quase todas são, no começo de nosso relacionamento, dessas que começam por algo besta, mas que terminam à beira de agressões irremediáveis. Ele havia me acusado de ser arrogante, afeita à prepotência e à presunção inatas dos intelectuais. Eu respondi que era ele que era preconceituoso; era ele que presumia as coisas, porque nem fazia ideia do que acontecia em outros níveis de vida. A briga não avançou; arrefeceu-se sem que eu explicasse o que queria dizer quando me referi a outros níveis de vida. E assim me mantive, silenciosa e precavida, até esse dia em que contei para ele toda a minha história.

Naquela noite, fui mais carinhosa, como os casais que se encontram depois de um afastamento e procuram resgatar um pouco de tudo que conheceram juntos. Tentei adivinhar seus desejos, sussurrei coisas de amor e entrega, misturei coisas santas e porcas, e quisemos muito durante a madrugada.

Um mês depois, descobri que estava grávida.

quinze

Decidi que iria sozinha.

O primeiro homem morava em um misto de barraco e casa. A parte da frente era de tijolos baianos aparentes, da cor marrom que colore a maior parte da cidade e que se percebe da janela do avião quando ele perde altura e se prepara para aterrissar no aeroporto, cruzando a periferia.

Do meio para o fundo ainda era um barraco, aguardando melhores tempos para virar alvenaria. Eram duas da tarde quando cheguei. Era verão, estava quente e o sol devolvia o mormaço através do piche escuro da rua, mas a viela estreita onde ficava a casa era numa baixada, e era preciso descer por uma longa escada estreita de cimento para chegar na entrada, onde o sol não chegava.

O interior era escuro. No centro da sala, um casal olhava assustado para a câmera sem imaginar que um dia estariam na cidade grande, emoldurados com tinta dourada. Os rostos do casal foram coloridos artificialmente em um tempo remoto, quando as fotografias decoravam a entrada das casas e davam o testemunho da ascendência e lembravam da necessidade de se respeitar a linhagem. As gerações distantes, para quem olhavam através do tempo, não se importavam, e os netos e bisnetos já nem sabiam os nomes daquele casal ancestral, cujos rostos desbotavam com o papel.

No momento em que entrei, senti que estava em uma ponte pênsil, que separava meu automóvel, estacionado a duas quadras, e a casa, que parecia o sertão transplantado na cidade, com os detalhes e enfeites que me aproximavam de quem eu já não era.

Eu não tinha o sotaque nem o jeito de falar daquelas pessoas; se tentasse forçar meu vocabulário perdido, soaria ridícula, assim como me senti ridícula quando bati na porta com explicações truncadas sobre uma pesquisa acerca de migrantes de uma determinada região da Bahia.

Desconfiada, porém submissa à minha pretensa autoridade, a mulher me convidou a sentar e se dirigiu para a porção barraco da casa, enquanto vozes abafadas repercutiam o susto de minha visita. Sozinha na sala enquanto aguardava, uma menina de uns treze anos me trouxe um copo de água gelada algo que não havia pedido, mas de que precisava imensamente. Quando o assoalho do fundo da casa rangeu, percebi que os moradores vinham ao meu encontro. Desejei que aquele homem, o primeiro da lista, não fosse meu pai. Tinha sido muito melhor fantasiar com ele, empreender a busca, investigar e lidar com o mistério das perguntas não respondidas. O homem se aproximava.

Mas ali não cabiam mais as fantasias; era de verdade; se ele fosse meu pai, em primeiro lugar, quem seria aquela família? A família dele? Era uma das hipóteses, um dos motivos de rancor quando eu precisava sentir ódio do mundo e o culpava quando era criança. Definitivamente não deveria estar ali, foi o que pensei quando o homem ficou diante de mim e me cumprimentou sem estender a mão. Sentou-se na cadeira em frente ao sofá e eu fiquei muda, enquanto tentava entender por que minha garganta doía. Bebi um longo gole de água enquanto olhava no fundo de seus olhos, talvez o único lugar possível de encontrar uma resposta, pois nada me dizia o rosto marcado, rugoso e com a pele como couro ressecado, algo que deveria se repetir com os demais nomes que estavam na lista, em cujas faces não seria possível resgatar a minha memória.

A mulher permaneceu de pé, e eu repeti a mentira acerca do que estava fazendo, dizendo que realizava uma pesquisa para a faculdade. O casal se olhava desconfiado, mas quando comecei a falar da região do sertão que eu tinha em mente no trabalho, ele começou a responder a tudo o que eu perguntava. A primeira indagação, óbvio, era se ele teria migrado sozinho, e de pronto ele respondeu que não, tinha sido com a esposa, aquela mulher ao seu lado, e mais dois irmãos. Ainda não tinham filhos na época em que migraram.

Retribuí com um sorriso aliviado quando ele me disse aquilo, de forma que eles ficaram encabulados e entendendo menos ainda os meus objetivos e o motivo de minha felicidade.

Aquela entrevista rendeu bons momentos, porque, livre da preocupação que sentira ao ingressar na casa, pude conversar francamente sobre o período, sobre as coisas da terra e de que forma a seca havia afetado a família; o que deixaram para trás, o que perderam, como tinha sido a viagem, a adaptação na cidade e se eles se lembravam das pessoas que encontraram nos caminhos ressequidos e dos amigos que tinham na região de origem. Embora o roteiro da vida dos migrantes fosse previsível e comum, para mim, era sempre extraordinário ouvir as histórias daqueles que não achavam grande coisa caminhar dezenas ou centenas de quilômetros, arrastando o pouco que lhes restava, em direção ao desconhecido que poderia se revelar tão ou mais terrível que a vida na terra seca.

Eles não eram donos do rancho. Foram expulsos das terras que arrendavam quando o proprietário percebeu que a seca comprometeria os parcos resultados que o local poderia dar, que, mesmo em anos de chuvas, rendia pouco. Mas, ainda que o dono não tivesse agido daquele jeito, eles estavam convencidos de que precisavam se retirar.

Conversamos muito — já nem era entrevista — sobre o que tinha acontecido desde que chegaram, como tinham se arrumado os filhos que nasceram na cidade, se estudavam, e sobre o que acontecera com os que haviam chegado com eles. Algumas coisas eram tabu, como o destino de um dos irmãos que migrara com o casal, porque o homem que tinha o nome de meu pai mudou de assunto dizendo que o irmão havia se desencaminhado e olhou de lado. De fato, eu notei, ele olhava para a porta, sem deselegância, tímido, mas querendo mostrar a mim, ou melhor, expressando a si a angústia para que eu partisse logo.

Otávio me aguardava, ansioso, no final da tarde. Quando eu disse que o primeiro nome da lista não era meu pai, ficou decepcionado. Mas eu não estava; aliviada era como me sentia, mas seria difícil explicar. Fomos jantar fora para comemorar o que acontecera no dia. Não havia o que comemorar, mas Otávio gostava de sempre inventar uma comemoração, dos motivos mais imaginosos aos mais insignificantes. Não que precisássemos de desculpa nem que faltasse dinheiro para jantar fora sempre que quiséssemos. Era o jeito dele. Quando a imaginação falhava, a gente jantava fora em comemoração ao fato de que íamos jantar fora.

dezesseis

Na primeira vez, havia a carreira, o medo e a real impossibilidade. Desta vez, a carreira estava garantida e eu tinha conforto muito além do que julgava necessário. No entanto, o que tornava semelhantes os dois momentos era a completa inapetência que a simples menção da palavra maternidade provocava em mim. Não era medo, e sim, desconforto. Um vazio de planos e desejo. Era muito simples a resposta, longe de ser triste. Meu sentimento a respeito disso era claro, plácido e sem conflitos: eu não queria ser mãe.

Assim como evitei depender dos outros, sentia-me incomodada com a ideia de que alguém dependeria de mim em um nível tão fundamental. Alguém que, por anos, centraria sua vida na minha vida, e eu jamais quis ser o centro da vida de ninguém. Era importante que apenas eu orbitasse minha própria órbita, porque, assim, estaria sujeita somente aos caprichos de minhas próprias escolhas e liberdade. É verdade que o casamento exigia certas renúncias e adaptações, mas nada era derradeiro, porque, ao contrário da maternidade, o casamento não é incondicional, e eu sentia que poderia sair dele sem danos se um dia isso acontecesse. Mas, com um bebê, esse princípio da órbita dos astros deixaria de ser válido para o resto da vida. Sobretudo, eu não conseguia imaginar alguém me chamando de mãe.

Otávio estava trabalhando quando cheguei do laboratório e abri o resultado. Como o clichê de um filme — ou livro —, divaguei sobre minha vida e tentei encontrar algum sentido, algum liame desde as mais tenras lembranças, e acabei por me sentir uma idiota por ter me casado. Foi estranho pensar em Caio naquele momento, talvez porque a relação era livre e destituída de certas amarras. Pensava que, mesmo amando Otávio e tendo um homem que me fazia bem, eu não servia para viver em família, ser uma senhora, ser mãe.

De certa forma, senti pena de Otávio, imaginando a intensidade de sua emoção quando soubesse da gravidez, que para mim era tão somente desinteressante. E mesmo que eu tivesse incertezas quanto ao prosseguimento da gestação, não poderia omitir dele que estava esperando um filho. Havia diferença entre a forma como me portei com Caio e agora. Mesmo que decidisse interromper a gravidez, teria que enfrentar Otávio, sabendo que ele seria contra e que a minha vontade já não seria tão soberana como fora com Caio.

Não foi uma gravidez romântica. Quando minha filha se mexeu pela primeira vez e a barriga se deformou com os contornos incertos do corpo, achei que aquilo não me dizia respeito e que não havia ligação entre o ser que se mexia e aquele que fornecia o casulo. Otávio, ao contrário, ficava fascinado e mantinha por intermináveis momentos as mãos sobre a barriga. Eu fingia compartilhar o deslumbramento.

A partir do sexto mês eu me arrastava, sempre cansada e com azia. Afastei-me da universidade no sétimo mês por recomendação médica. Em casa, o tédio atingiu um nível além do suportável. Decidi sair ao encontro do segundo nome da lista dos homens com o nome de papai. Mas o médico não havia me afastado do trabalho à toa. Não aguentei dirigir mais do que quinze minutos e voltei; se um daqueles homens fosse meu pai, teria que esperar. Organizei os endereços que tinha, fiz um roteiro e pus dentro da caixa.

Anita nasceu de parto normal. Aplicaram-me raquidiana porque foi necessário o uso de fórceps, e ela me foi entregue no colo com a cabeça deformada, quando, para espanto das enfermeiras, perguntei se ela seria feia daquele jeito para sempre. Eu sabia que não, mas estava grogue, e, afinal, achei que ela era realmente feia.

Nos primeiros dias, fiquei aflita com a dependência daquele ser em relação a mim. Aquele vínculo representava um sentimento que eu não gostaria de ter em relação a ninguém, assim como não gostaria que alguém tivesse por mim. E, no entanto, lá estava Anita sugando meu seio, e eu, que conhecia tantas teorias, sabia que nenhuma satisfação na vida de uma pessoa se equipara àquela que sente o bebê junto ao corpo quente da mãe, e que nenhuma fome é tão medonha quanto a que assoma a criança nos intervalos da mamada.

Racionalizava essas coisas, mas não sentia nada e comia pouco. A falta de apetite fazia com que ficasse enjoada à simples visão de comida. Otávio ajudava com Anita, banhava-a, trocava as fraldas, segurava-a no colo. Como eu não comia, Otávio insistia — na verdade, me obrigava a, pelo menos, beber alguma coisa. Vivi um mês à base de sucos e algumas misturas de vitaminas que ele provavelmente preparava sem que eu visse. No fim de um mês, já conseguia ingerir caldos e sopas.

Não sentia culpa por não querer o bebê nem remorso quando a observava se mexendo no berço e eu nada sentia. Era um vazio parecido com o escurecer de um dia horrível, quando uma noite pior ainda se anuncia, e a única vontade que tinha era a de desaparecer, de não existir, de flertar com o nada. Essa sensação não dizia respeito somente à minha filha, mas também a Otávio, a mim mesma, a tudo que se movesse.

Alimentava-me pouco e dormia muito. Houve uma manhã em que acordei e minha última lembrança do dia anterior era ter acordado em um horário semelhante. Ou dormi por 24 horas ou o período se apagou em minha mente. Tive, com isso, a noção de que estava no final de uma picada diante da qual restava a mata cerrada e um abismo sem retorno. Não chegaria longe daquele jeito. Esforcei-me para, pelo menos, comer um pouco mais e trocar duas ou três palavras com Otávio.

Aos poucos, ficava mais desperta. Em alguns momentos, sentava-me na cama com inquietude, com vontade de querer fazer alguma coisa. Voltava a dormir e acordava com mais frequência, e lúcida. Chegou um dia em que senti que não aguentava mais ficar na cama. Anita dormia no quarto ao lado, com Otávio, que não saía de perto dela, por segurança. Aguardei que ele entrasse no banheiro e me levantei. Estava fraca. Quase me arrastava. Enquanto Otávio tomava banho, aproximei-me do berço e vi Anita dormindo em uma paz infinita. Sua respiração era como um sussurro de paz, desarmada como são os seres que ainda não sabem do mundo. Eu queria congelar aquele momento e fazer com que, para sempre, o mundo fosse feito do sono profundo do bebê e do meu silêncio antediluviano, profundo, compenetrado em observá-la.

Aconteceu como se ela tivesse nascido no terceiro mês depois do parto. Ou como se a gravidez tivesse durado doze meses. E a partir daí não há o que ser dito, a não ser que eu amava Anita como amei poucas coisas nesse mundo. A vida me surpreendia, me ensinava novas coisas e traçava agora mais um de seus caminhos indeléveis e perenes através dos pequenos momentos e descobertas, como a visão de Anita se mexendo no meu colo à procura dos meus seios, me arranhando com suas minúsculas unhas nos momentos de irritação ou agonia das cólicas, sua primeira gargalhada quando fez xixi no meu colo e gostou da sensação do líquido quente escorrendo pelas pernas, quando inaugurou sua fala através de discursos guturais, o medo da ausência dos pais que revelava quando acordava e não havia ninguém ao lado, os primeiros passos, segurar minha mão — como acontecera certa vez, em uma época de terra batida quando meu pai caminhava comigo.

Gostaria de ter meu pai por perto para lhe dizer "Olha, essa é sua neta". Gostaria de ter minha mãe para que ela pudesse segurar Anita no colo. Privada dessa necessidade ancestral, pensava bastante em papai, que era o único que ainda poderia conhecer minha filha. Sabia que alguns anos — ou, pelo menos, vários meses — se passariam até que retomasse a busca, e sentia medo ao pensar que a memória de minhas retinas poderia falhar quando me deparasse com os homens que eu encontraria. Naquela lista de nomes iguais, será que conseguiria distinguir, mais de vinte anos depois, o meu pai?

dezessete

Como poderia entender diferenças rasas ou profundas entre mim e Otávio, se, no fundo, talvez pensasse somente nas diferenças dele? Eu tinha (tenho?) certezas obstinadas que confundia com minha presunção de que, conhecendo o que é de fora, tudo o mais seria consequência do meu saber. E me negava, presunçosa, a abrir a guarda. E me enganava, reconheço, achando que o discurso e o conhecimento bastariam. Ou pior, considerando que minhas boas intenções seriam adivinhadas pelos outros, porque, no mais, eu evitava expressá-las. Não sou um bom animal social. Otávio era.

— De novo essa implicância? Eu não estava de cueca, mas de calção. E sem camisa, porque está quente.

— Isso é uma falta de consideração.

— Você confunde consideração com respeito. Por que não pergunta diretamente a ela se eu a ofendi?

— Você é a encarnação do bom patrão. Acha que tem "consideração" e é cordial, quando, no fundo, está explorando a baixo preço.

— Deixe de besteira. Você não percebeu que eu sou sempre assim, com todo mundo? E se está tão incomodada, por que não lava suas próprias roupas? As minhas, pode deixar com a Ritinha, porque eu não vou abrir mão: acha que eu fico de bobeira o dia inteiro no hospital?

Como poderia explicar de uma forma mais clara que acho indigno um ser humano se ocupar da limpeza de latrinas, coisa trivial que o dono da privada poderia resolver sozinho?

Essa era uma das pequenas diferenças entre mim e Otávio. Parte das manias, hábitos, cacoetes e ideologias que a gente tem que negociar depois que passa a viver junto. Eu não queria ter uma empregada permanente; Otávio queria. Só depois que Anita nasceu aceitei ter alguém que dormisse em casa; na época não chamávamos de babá, que era coisa de novela ou de literatura do final do século passado. Eu pretendia colocar o quanto antes Anita em uma creche, mas ele me convenceu do contrário, e eu cedi porque ele foi razoável em seus argumentos. Eu também sabia ceder, mas ficava incomodada com a Ritinha, que, em vez de estudar, trabalhava fazendo tudo em casa, inclusive cuidando de Anita. E também das nossas latrinas.

Para não ser muito rigorosa comigo mesma, tentava entender se minha objeção vinha do fato de minha mãe ter sido empregada doméstica. Mas não. Eu lembro bem que sentia orgulho quando ela saía bem cedo da nossa casa de fundos na Vila Brasilina e ia trabalhar; dava importância para o que ela fazia e invejava as histórias das casas espetaculares e dos inúmeros objetos que havia e dos quais ela cuidava. Ela contava sobre os eletrodomésticos, as mobílias novas que substituíam as antigas e sobre as intrigas familiares dos patrões. Mas nunca reclamou do que fazia.

Minha objeção veio depois. Quando julgava entender melhor o mundo e as coisas das quais fomos feitos no país. Eu achava que era indigno alguém trabalhar de empregada, embora tivesse discernimento para entender que grande parte da população, que mal sabia ler, tinha que arrumar meios para subsistência, e que para muitas mulheres, além desse subemprego que eu execrava, só restavam o desemprego e a penúria. Mesmo assim, me incomodava a presença de alguém em casa fazendo o trabalho que uma família poderia fazer, além de saber que o salário era uma farsa.

O incrível é que, com esse conceito, eu me sentia envergonhada das empregadas que passavam em casa. Antes de Anita nascer, entre Otávio querendo alguém permanente e eu não querendo ninguém, acabei concordando com a contratação de uma empregada que viesse três vezes por semana.

Sentindo-me envergonhada, pouco me aproximava dela, e Otávio, que não estava nem aí, fazia amizade, e a empregada o adorava. Quanto a mim, talvez me julgasse arrogante por causa do meu silêncio.

Essas contradições gigantes na nossa vida fizeram com que eu, que me importava, recebesse menos atenção e mesmo certo desprezo, enquanto Otávio era paparicado. Ele contava piadas, perguntava da vida delas, dizia coisas de si com frivolidade, e tudo isso na boa, com a tranquilidade de quem anda de cueca pela casa e abre a geladeira enquanto faz algum comentário engraçado para a empregada.

Eu via isso e ficava revoltada, considerando que no nosso país trocamos o mito do bom selvagem pelo mito do bom patrão. Um país que jamais soube ser generoso, e que, mesmo assim, propagava tal imagem como se fosse um dos maiores patrimônios nacionais e exemplo de país bem resolvido. Era como dizia o compositor, que falava sobre o *comportamento geral* das pessoas que se preocupavam com o bem do patrão, ainda que estivessem desempregadas. Isso era igual às novelas, e me irritava a ideia ridícula e aceita de que a empregada ocupava uma posição na casa como se fosse alguém da família, cuja harmonia era reforçada com o engodo dos perus e das lembranças natalinas. Eu ia além; pensava nessas mulheres quando não tivessem mais condições de trabalhar, quando a recordação distante do patrão se esvaísse e a empregada fosse amargar sua velhice em condenação de perpétua miséria.

Otávio me acusava de radicalismo intelectual. Dizia-me algo que, no fundo, eu sabia: se todos pensassem como eu, o mundo melhor que eu pregava acabaria sendo o de uma multidão de mulheres que não teriam sequer como levar comida para seus filhos. Ter razão, ou julgar ter, não representa muito onde o ruim e o constrangedor podem ceder espaço ao horrível e ao desesperador.

dezoito

O tempo que se passou entre Caio e Otávio — ou seja, entre o afastamento doído do primeiro e o encontro do segundo no restaurante — foi de dois anos. Depois da depressão, levantei da cama e voltei para o mundo, para os amigos, para o final do mestrado e a concentração para os próximos passos. Foi quando percebi os sinais inequívocos da diáspora da minha geração. Talvez essa percepção já estivesse no ar, talvez eu não tivesse notado antes, mas já estavam lá, latentes, os fatos que encetavam nossos sonhos e projetos mais caros.

Saí do aborto e da relação com Caio com alguma coisa a mais, não algo que necessariamente enriquecesse a experiência, como achamos que acontece com tudo na vida, mas que calejava, isso a que chamamos amadurecimento, e que vai nos subtraindo da cota de devaneios que criamos na infância e na primeira juventude. O momento em que nos resignamos das veleidades e quimeras.

Eu procurava não racionalizar sobre isso, ocupava o tempo com as atividades de rotina, embora o sentimento de ausência e desencontro me rondasse nos momentos de pausa, no intervalo entre as gargalhadas, nos porres e, sobretudo, entre a ansiedade à flor da pele e o sonho de que desempenharíamos um importante papel no resgate do país. A ditadura ruía e eu já não tinha tanta certeza de que o futuro era nosso. Eu sabia, no íntimo, que nos enganávamos, e o quanto já não éramos tão especiais, únicos e incrivelmente poderosos em nossas ilusões a respeito de que nos caberia conduzir o processo histórico.

Assim como não quis racionalizar sobre essa sombra de desencanto que, coincidência ou não, sucedeu a Caio, queria encontrar uma certa medida de afeto, permear a vida com um pouco de paixão, mas não dou para o verso, não consigo estender-me nas entranhas dos sentimentos. Assim que escrevo, me recrimino por usar essas palavras.

Digo isso porque não quero deixar a impressão de que esses dois anos entre Caio e Otávio tenham sido infelizes. Nem de que eu esteja tentando me explicar em relação a esse período, porque, embora os calos começassem a assomar na vida e no corpo, vivi intensamente e gostei daqueles dias, e faria novamente, ainda que possa estar sussurrando aos meus próprios ouvidos — e que se dane — que vivi uma espécie de fuga.

O sentimento de ressaca de uma época me fazia querer aproveitar os instantes até que a festa acabasse. Seria bom se nessa farra de fim de feira eu tivesse algumas aventuras dignas de gelar o estômago e bambear as pernas. Mas isso não aconteceu; foi só festa e sexo. E não foi ruim o que aconteceu. Mas que estava acabando, estava; como, de fato, acabou.

Em uma das vezes em que reencontrei Caio, ele me chamou de canto e perguntou como eu estava, mas como quem pergunta se há alguma coisa errada. Entendi aonde ele queria chegar, chamei-o de moralista imbecil e o mandei para o inferno.

Não foram só festas e sexo. Era o final do espetáculo, um espetáculo exuberante. As cortinas ainda não tinham baixado, havia ainda tempo de dizer que gostávamos de nós mesmos, que nos bastávamos e que éramos felizes, e que aqueles momentos não se repetiriam mais na vida.

Festejar eu festejava, assim como bebia e experimentava o que estava rolando. Mas sempre procurei manter o controle. Com isso, posso dizer que minhas escolhas não se escondiam sob a desculpa do entorpecimento. O que fiz foi porque eu queria. Não tinha medo de muita coisa, a não ser de perder o controle; sentia necessidade de estar alerta, de me preservar em minhas decisões.

Mesmo estando entre amigos íntimos, no fundo, achava que a única pessoa com quem podia contar era eu mesma. E se me perdesse de mim, entraria em um terreno sem cálculo nem decisão. Sentia medo de cruzar o limite que leva ao descontrole, a ponto de precisar me amparar em alguém ou então que me deixasse levar para onde não queria.

Eu tinha bons e eternos amigos, naquela fase que nos faz crer que as amizades serão para sempre. Mesmo assim, nos momentos em que não estava lendo ou escrevendo, na hora da festa era só a festa que importava, e eu decidia tudo sozinha, reproduzindo a adolescência, evitando exprimir as dúvidas e os impasses sobre minha vida, sobre a carreira, sobre as escolhas. Acostumei-me a esse tipo de independência solitária, apesar dos bons amigos, apesar de saber que poderia contar com eles. Somente com Otávio e, depois, com Anita, deixei um pouco esse temor e esse jeito de lidar com os outros. Mesmo que Otávio negasse, eu tinha certeza de que sim, de que eu havia mudado.

Quando Caio me procurou, o que ele queria, usando um tom de irmão mais velho, era questionar sobre a vida que eu levava.

Memórias, geralmente, são melancólicas. Essas, eu as iniciei pela cena de um pai obrigado a partir sob os olhos de uma filha que pouco entendia e, menos ainda, podia elaborar algo sobre a necessidade dos desencontros. É inevitável que, ao remexer nesses meandros — que, afinal, contamos para poucas pessoas —, o tom acabe resvalando para a tristeza.

Mas não foi uma época triste. Fui feliz. Até hoje não acredito que tenha sido uma fuga, tampouco que procurasse compensar a perda de Caio e a experiência que passamos. A verdade é que adorava e vivia intensamente aqueles momentos. As noitadas começavam na quarta-feira, em encontros combinados de última hora na casa dos amigos ou em três ou quatro bares que frequentávamos. Minha casa — eu tinha alugado uma quitinete — era pequena.

Éramos seis amigos próximos, ou melhor, sobramos só os seis da época do início da faculdade, porque muitos se exilaram, sumiram ou foram para a clandestinidade. Com a anistia, os antigos começavam a reaparecer, mas pouco nos procuravam. Eles tinham outros projetos em mente — davam a impressão de que procuravam fugir do passado —, e quando nos encontrávamos as conversas se esgotavam rapidamente. Sentiam-se deslocados no ambiente universitário e tinham novos interesses e amigos, que conheceram no exílio, nos grupos de resistência ou em agremiações que estavam ajudando a construir.

Cada amigo tinha outros amigos, assim como alunos. E cada aluno que ganhava a confiança para frequentar nosso grupo também tinha um amigo, namorado ou namorada, enfim, alguém que acabava aparecendo, de forma mais ou menos permanente. Assim, não era raro combinar alguma coisa reservada para os amigos e, de repente, perceber que o encontro virava uma festa com mais de vinte pessoas.

Desse núcleo original, éramos quatro professoras, um professor e um corretor que largou a universidade logo no início para trabalhar no mercado de capitais, e que brincava com sua condição de lacaio do sistema. Éramos a aristocracia de festas famosas e disputadas, onde muitas vezes gente do meio cultural aparecia para dar as caras e se exibir, dizendo que frequentava o círculo dos intelectuais progressistas, embora, às vezes, discussões acaloradas surgissem, porque nos acusavam de falta de ação contra a ditadura. Mas isso durava pouco, porque todo mundo queria mesmo era farra, e a nossa era das boas, muita bebida, maconha, música e debates. O futuro, que vinte anos antes parecia logo ali, agora estava chegando mesmo. As coisas mudavam e a gente não soube, quando chegou a hora, identificar para onde ia o vento; nós que tínhamos esperado tanto.

Não deixei, naquela noite, Caio se aprofundar na conversa; se ele tentasse se reaproximar, talvez eu deixasse; se tentasse me levar para a cama, eu não veria mal algum. Mas quando percebi que queria me recriminar, com um tom de voz íntimo que já não combinava com a gente, botei-o para correr. Eu não precisava de um irmão mais velho, sentia-me bem demais com o ritmo que levava. Talvez ele tivesse me procurado por ciúme, talvez porque se sentisse culpado ou porque finalmente pensasse que eu estava me penalizando. Nada mais errado. Eu vivia o tempo. Para nós — falo do grupo de amigas — não era somente natural. Era vital.

O livro de Caio, que, nos primeiros meses, ficou restrito a poucos, de uma hora para outra era o queridinho da crítica, atingindo um público que nem o autor havia imaginado, e começava a ser traduzido no exterior. A dedicatória me incomodava, afinal eu esperava reconhecimento pela minha obra acadêmica, mas as pessoas — homens, principalmente —, fascinadas pela personagem do livro, inevitavelmente confundida com meu nome, fantasiavam algo que não era verdade; eu tinha pouco a ver com a personagem. Eu era só a dedicatória.

Não posso dizer que não me aproveitei dessa situação; tinha o seu grau de diversão.

E se é fato que a mulher deseja o desejo do homem, a condição de musa deveria ser a glória para mim. Mas isso também trazia o lado negativo, porque também aumentou o número de chatos que tentavam me impressionar de forma patética; e eu já sabia lidar com esses. As quatro amigas servíamos como uma rede de proteção — ou de recomendação —, identificando os bons e os maus amantes, os rápidos e os lentos, os beijos e as pernas. Poucos homens entendiam que nosso interesse não se concentrava abaixo do equador, mas na conversa, no jeito de se aproximar, no olhar, no humor, no tipo de beijo, nas pernas. As pernas e a bunda eram o assunto de comparação preferido. Eles não sabiam disso, talvez achassem que apreciar a bunda era monopólio masculino. Equivocavam-se tentando nos impressionar com exibições fúteis de suas machezas e de sua virilidade, mal sabendo que seus dotes que realmente interessavam já estavam na nossa bolsa de valores.

Embora não tenha sido intencional — nós também, do alto de nossa posição, gostávamos do prazer plebeu das fofocas de alcova —, nossas confidências nos protegiam dos perigosos. Ao custo de uma experiência ruim que uma de nós vivenciava, as outras podiam evitar a mesma armadilha. Seria inútil tentar qualquer grau de proteção que não fosse esse, porque uma mulher independente nada podia contra um escroque violento. Aos olhos da comunidade acadêmica e artística éramos deusas independentes. Aos olhos da época e dos distritos policiais, éramos putas, depravadas e drogadas. As confidências das amigas eram nosso seguro. A pílula também, e pelo menos esse erro, o de não tomar a pílula sempre, deixei de cometer desde que engravidara de Caio.

Um exemplo que ilustrava bem como nos sentíamos era uma piada que havia surgido entre as quatro. Um dia, Clarinha nos perguntou, fazendo jeito de séria:

— Qual o nome daquele pedaço de pele inútil que fica no pênis?

Pensamos que a pergunta era séria.

— Prepúcio, lógico.

— Nada disso — respondeu Clarinha. — O pedaço de pele inútil pendurado no pênis é o homem.

Achamos uma ótima piada, datada talvez, mas certeira para a gente. Ainda estávamos em um mundo de casamentos arrumados, espancamentos e assassinatos em nome da legítima defesa da honra. O que fazíamos ia muito além de libertação pelo sexo. Muito além. Adicionalmente, tinha muita diversão, apimentada pela sensação de quebrar paradigmas.

Eu queria, e adorava, e fazia. Mas a liturgia do livre amor tinha suas esquisitices. Para alguns mais afoitos na militância, isso era uma espécie de religião, que amaldiçoava aqueles que não transassem livremente. Como toda forma de religião, o livre amor criou seus próprios tabus; seus pecados às avessas. Alguns sentiam tanta necessidade de se afirmar que um conhecido nosso, que confessou não ter a menor inclinação homossexual, transou com um homem porque foi provocado; disseram que ele era preconceituoso e que isso era recalque burguês. Ele foi e transou.

Duas vezes transei em grupo, talvez com um empurrãozinho desse espírito da época, porque embora me sentisse segura para dizer não, fiz. Era uma questão da época e do momento. Nas duas ocasiões, as noites eram boas, e belas as companhias. Mas não foi grande coisa. Quatro pessoas são muito para uma cama, e, inevitavelmente, surgiam disputas entre os homens e as mulheres, uma tentando gemer mais alto do que a outra, os homens se esmerando em bombar, um mais forte do que o outro, ou empunhando os membros perto do nosso rosto para medir de quem era o maior. Infantil e brochante. Eu não gozei em nenhuma das vezes. Não era minha praia. Mas não me importei, porque foi delével como as transas ruins.

Existe um canto na alma onde estão os desejos e os demônios cativos. Eu tinha fases em que era dominada pela atração, que, às vezes, tornava-se irresistível — e que fugia ao autocontrole que tanto prezava — pelas escolhas no escuro. Por mais que a nossa rede de proteção alertasse, eu testava os homens que minhas amigas não recomendavam. Também ficava atiçada pelos desconhecidos que apareciam nas festas. Em certas noites, aquele que mais desejava era justamente um que não me assediava. Fui patética quanto aos que se revelavam gays, e eu insistia — e, às vezes, conseguia — para levá-los para a cama. Vaidade previsível e desprezível, mas eu queria mais um troféu; naqueles dois anos eu queria que todos os homens me desejassem.

O nosso amigo que virou corretor do mercado de capitais dizia:
— Sexo, quando é ruim, é bom. E quando é bom, é ótimo.

Respondi que ele não sabia o que falava. Para entender o lado feminino, eu o desafiei a responder como seria se ele brochasse.

— Ainda vale, nesse caso, o bom ou o ótimo?

Ficou mudo. E eu completei a frase dele com duas categorias: às vezes, o sexo é nada. Outras vezes, é pior do que nada.

A diversidade de homens que encontrava só poderia resultar, proporcionalmente, na diversidade de experiências. O nada encontrei nos que eram afoitos e rápidos demais ou nos que paravam no meio para chorar. Choravam principalmente por causa de uma separação recente ou por sentimento de culpa. Eram os falsos engajados no livre amor; queriam colecionar seduções e sair com quantas mulheres conseguissem, mas se sentiam presos a uma paixão secular. Algumas vezes, alerta máximo, homens choraram por causa da mãe. É um clichê que se repetiu mais do que eu gostaria de ter presenciado. Esses, eu os despachava sem demora, antes que se iludissem que eu daria vazão para confidências patéticas.

Quanto ao pior que nada, foi o sexo dos violentos, dos porcos, dos descuidados, dos que não beijavam bem e dos que tinham pernas horríveis. Eram os que se apresentavam gentis e se revelavam animais.

Os inesquecíveis eram os tímidos ou calados, que eu achava que iam se envergonhar, mas que surpreendiam, mestres nas preliminares e incansáveis na ação, e que sabiam identificar exatamente o que eu queria, mudando a atuação sem embaraço nem vergonha de falhar. Essa quebra de expectativa era sensacional, e, quando eu encontrava esses tipos, a noite tinha valido a pena.

Sexo é uma coisa tão delével quanto os momentos sem importância e as opiniões que a gente deixa de ter. Passa. Não é bem assim nos casos em que o sexo é pior do que nada, mas eu tive sorte. Pura sorte, porque dos que se revelaram torpes, sujos e brutos, escapei. Sei que não é sempre assim, e talvez tenha sido por pouco. No mais, nesses casos dos maus amantes piores do que nada, um banho resolveu.

Não considero que tenha sido um exagero. Acima da média; talvez. Transava mais do que minhas amigas. Talvez mais do que as mulheres daquele tempo. Não chegou a ser um vício, embora, se eu tentasse contar, não conseguiria enumerar os homens que conheci. Seria inútil e cansativo, e, afinal, foi delével.

Era apenas diversão, um passatempo enquanto me dedicava ao que realmente me importava, e que começou quando comprei com o dinheiro de mamãe as apostilas usadas para me preparar para o vestibular. E que ainda não terminou, mesmo depois que fui reconhecida como uma das principais pensadoras de minha geração.

dezenove

— Você não passa de uma aleijada sentimental. Aleijão sentimental; é o que você sempre foi.

— É a puta que o pariu, aquela carola esnobe que exala hipocrisia religiosa.

— Não percebe que até a Anita sente falta de carinho?

— Covarde. Não misture suas frustrações com a menina. Por que você não assume seus problemas? O que há?

— Há uma coisa que venho falando faz tempo, e você finge que não é contigo.

— Sexo com outra? É isso que falta? Porque eu sou a mesma. Quem está mudando é você.

— Besteira, não tem outra coisa nenhuma. É a sua arrogância, exatamente da forma como está agindo agora. Orgulha-se de ser a mesma, e o que é ser a mesma? Uma mulher que não demonstra afeto? Que não se esforça minimamente para parecer carinhosa? Talvez eu tenha acreditado, no início, que você seria normal.

— Anormal é você, estúpido.

— Sou mesmo. Ninguém aguenta por tantos anos viver com uma geladeira. Isso sim é anormal.

— Ah, então você agora está fazendo um favor, é isso? Caridade! Que bom moço! Você é um mimado mal resolvido, não sabe o que quer da vida e se cansou dessa brincadeira. Antes que eu esqueça, geladeira é, de novo, a puta que o pariu. E quanto ao que você considera geladeira, ah, Otávio, você não faz ideia, não pode nem imaginar as coisas que fiz e as coisas que já ouvi na intimidade dos sussurros, bem diferentes do que você está dizendo. Nisso, coitadinho, eu sou mestre e você é um amador, um iniciantezinho vacilante. Você não faz ideia…

— Uns escrotos sujos e com mau cheiro no sovaco? Esse tipo de gente boçal com quem você transava? Nojentos. Mil deles não valem um de mim.

— Ha, ha. Isso, Otávio, isso, querido, ahhh… só eu sei.

— Ilusão sua, sair com muitos, um pior que o outro; isso é coisa que qualquer puta sabe.

— Some da minha frente, canalha.

— Sumo sim, sumo! Eu vou embora porque, mais uma vez, você foge do assunto. Distorce o que eu tento dizer e faz tudo descambar com seu orgulho.

Não foi a primeira nem a última, mas foi a discussão mais grave. Aquela em que rompemos as fronteiras do que pode ser dito, aquela em que as palavras proferidas se fazem irremediáveis.

No começo, o sexo com Otávio tinha a mesma empolgação de quando nos conhecemos. Ele procurava me surpreender, explorava novos toques, gostos, como quando o conheci, como se entrasse em transe artístico durante as preliminares, alternando pegadas como se tivesse um acervo inesgotável. Por três anos foi assim, um pouco mais, um pouco menos, com improvisos e viagens românticas que ele preparava em surpresa. O nascimento de Anita não teve impacto no sexo, porque continuou bom depois de ela nascer.

Quando pareceu que atingíramos uma nova fase — mais madura, porém ainda quente e com algumas surpresas —, não aconteceu dessa forma, e tive a sensação de que recebia uma notícia com atraso sobre algo de que já desconfiava. Aconteceu que o sexo passou a ser rápido como uma tarefa, seguido de um silêncio resignado, em que não trocávamos uma palavra, como se sentíssemos culpa. Em outros dias evitávamos a troca de olhares, como se fosse por vergonha. Vergonha por sonegar a dedicação e saber que daquele jeito, um pouco a cada dia, não seríamos amantes, mas mecânicos.

A vida cobrava tempo da gente, é claro. A maternidade também. Mas não havia grandes ou insuperáveis estresses acumulados nem problemas de tanta gravidade assim. Não havia, tampouco, angústias existenciais ou frustrações gigantes, a não ser aquelas cotidianas. Eu não estava descontente com Otávio, nem enjoada dele; ainda tinha a sensação de que era bom chegar em casa.

Mas eu desconfiava e sentia que a transa passada jamais seria igual àquela que estávamos por fazer, quando, nua na cama, tinha a sensação de que no teto do quarto as palavras tomavam vulto: morno, acomodado, familiar.

Eu não queria uma vida morna, temia que, começando a aceitar a indiferença no casamento e na cama, o resto se acomodaria em uma rotina burocrática e o tesão pela vida seria comprometido: não encontraria prazer nem na carreira. Dava-me angústia o pensamento de que poderia estar, pouco a pouco e sem perceber, ficando parecida com as donas de casa vitimadas pelo tradicionalismo. Que estava incorporando o clichê do típico casal burguês, e que havia, finalmente, um pouco da mãe de Otávio se insinuando entre nós. Sentia que uma vida morna implicaria na perda dos pequenos e grandes prazeres, assim como ambições.

O pior era o silêncio dos estranhos. A inapetência por conversar sobre as coisas comezinhas da vida, o desconforto de um casal que já não conversa tanto. Mesmo pequenas mudanças na rotina, como uma viagem de férias, eram realizadas como quem anota um compromisso na agenda.

Talvez, com receio de que isso fosse irremediável, eu tenha contribuído para o impasse, pois evitava tomar iniciativas ou dialogar sobre o que estava acontecendo, e aumentei o número de aulas, dando preferência para as noturnas.

Eu chegava cansada de verdade e ao mesmo tempo me aproveitava disso; não teria que medir a quantas andávamos, forçar transas sem graça ou discutir a relação. Quem sabe fosse uma fase, e, de repente, a empolgação aparecesse novamente, sem que tivesse de passar pela chatice de conversar sobre isso?

Otávio lidou de outra forma, alimentou novas fantasias; uma delas era me possuir quando eu dormia de lado, sem que eu notasse. Na primeira vez, acordei no meio, mas não me importei, estava bom e eu, com a sensação de sonho acordado, me deixei levar e ajudei no ritmo.

Eu chegava mesmo com sono, precisava dormir, e ele só tentava horas depois de adormecer. Só podia ser intencional. Um dia acordei com ele gozando, abafando no travesseiro um grito que parecia durar minutos. Estava alucinado. Outra vez em que aconteceu, só percebi quando acordei de manhã. Até quando duraria essa mania? Eu começava a ficar irritada, e reconheci que minha omissão e as aulas noturnas tinham uma parcela de culpa. Então, em uma madrugada em que ele veio de lado, puxando a calcinha para o lado com os dedos, eu me virei e fui para cima dele com vontade, mas foi frustrante, porque era visível sua decepção. A minha foi muito maior.

Depois, um certo mutismo começou a se interpor. Não o mutismo de quem está com pressa para sair para o trabalho e se concentra nas tarefas do dia pela frente. O que acontecia era uma falta de vontade de falar. Não se trata do silêncio passageiro que constrange um pouco os casais que acabam de se conhecer, mas um silêncio opressor, que passa a fazer parte da normalidade, feito de monossílabas.

Muitas vezes essas coisas de casal ficavam sem enfrentamento porque Anita, que tinha seis anos, ocupava bastante nossa atenção. Ia para a escola, mostrava o que tinha feito no dia, pedia opinião depois que terminava as lições de casa, fora os parques, os parquinhos, os passeios, as festas juninas, as festas de aniversário e o milagre que é uma pessoinha crescendo e suas descobertas diárias.

Com ela, cometi um erro em minhas escolhas de mãe, que, por minha profissão, não poderia acontecer. Otávio me convenceu a matricular Anita em uma escola da qual ele gostava. Como eu vinha do ensino público, achei que ela teria uma ampla estrutura para estudar e não me dei conta de que precisava participar da decisão. De forma equivocada e tosca, achava que todas as escolas particulares eram iguais. Assim como separava os conceitos de educação e ensino. Ensino pode ser ministrado em qualquer lugar. Educação, essa tem que ser necessariamente pública. Era uma concessão que eu fazia e que considerava sem grandes implicações. Além disso, Otávio estava com a ideia fixa na escola que escolhera. Abri mão da educação pelo ensino, acreditando que eu mesma supriria essa lacuna com minha filha.

A escola era escrota, frontalmente contrária aos meus princípios. Percebi tarde demais que era a cara da família de Otávio. Desconfio de que tenha sido a mãe dele quem indicou.

Demorei para perceber porque me omiti no dia a dia, partindo do falso princípio de que assim eu ajudaria Anita a crescer e aprender por conta própria. Quando percebi, não tinha muito o que fazer, a não ser minimizar os danos. Por exemplo, seria ruim para Anita se eu a proibisse de frequentar as aulas de educação religiosa. Uma contradição em termos — poluição mental para doutrinar os indefesos —, mas, se fizesse isso, ela seria a única da turma a não frequentar as aulas, e sofreria.

Foi uma falha tola e motivo de discussões ferozes com Otávio, que, afinal, não tinha culpa da minha omissão. Depois de muita briga, transferimos Anita para uma escola que julguei melhor, afinada com meus pensamentos, e foi complicado transferir a menina no meio do segundo ano. Antes tarde do que mais tarde.

Durante esse tempo da escola religiosa, eu procurava compensar deixando-a alerta e interrogativa. Ela parecia lidar bem com as contradições entre o que vivia na escola e o que eu dizia.

Esses acontecimentos desviavam a atenção da relação e deixavam em suspenso o casamento. Refleti que o principal assunto das nossas conversas era Anita. No mais, eu me distraía quando Otávio de vez em quando comentava algo sobre o hospital, e ele mal aguentava dois minutos a respeito do que eu dizia sobre a universidade.

Mais ou menos um ano antes da pior discussão, em que ele saiu de casa por uma semana, ele começou a cobrar uma mudança de atitude de minha parte; disse que eu poderia ser mais presente e carinhosa. Não tomei como ofensa, até fiz alguns agrados.

Virou uma ladainha. Ele se queixava da mesma coisa dia e noite e eu já começava a me irritar com essa obsessão. Chamei-o de grudento, e ele retrucou que eu era fria, e que a falta de carinho era porque havia em mim falta de espírito. Aí tirei sarro. Falei que ele precisava de um centro espírita.

— Não entendo o que você quer. Não ando de mãos dadas contigo, mesmo depois de tanto tempo? Não andamos abraçados quando estamos sem Anita, como os namoradinhos fazem?

— Alguma coisa se perdeu e seu toque não é o mesmo. Parece que você quer se afastar, está vazia de paixão e abraça por obrigação ou aparência.

Disse ainda que não sentia mais a mão de uma mulher apaixonada, que quando a segurava, parecia a mão de um manequim de loja.

Era demais para mim. Que fosse para os quintos do inferno. Que autoridade ou conhecimento de vida ele tinha para falar aquelas besteiras? Mãos suaves de menininho que nunca trabalhou não servem para esse tipo de comparação; porque certos calos adquiridos ainda na infância não saem nunca; são testemunhas rígidas de uma vida e ficam para sempre. Ele era quem tinha algum problema mal resolvido e precisava tratar dessas vicissitudes de homem mimado.

E continuava a ladainha interminável de me cobrar algo de que eu não me sentia devedora.

— Sentimentalmente, você sempre foi um filhinho de mamãe, e tem dificuldade de lidar com o fato de que se casou com uma mulher de verdade. Uma mulher como eu te dá medo. Não percebeu que os anos estão passando e não somos mais adolescentes?

Não refleti que poderia haver algo simples, como um desejo erótico, por trás desse comportamento. Uma maneira que Otávio procurava para se justificar ou então apaziguar sua consciência. Ou seja, outra mulher. Não passava pela minha cabeça qualquer desconfiança a respeito de como ele atendia ao telefone como quem é pego de surpresa, nem quando evitava se despir na minha frente, ou o aumento nos casos de emergência que o faziam sair de casa em tal estado de ansiedade que eu não imputava a excitação: as diferenças são sutis.

O que Otávio queria, quando me acusava de fria, era, acredito hoje, uma forma de me afastar enquanto se justificava a si mesmo. Eu não imaginei que logo mais me sentiria tão para baixo a ponto de concordar com ele. Que ele tinha razão quando me acusava de fria e desinteressante.

Então, na pior das crises, quando chegou a discussão em que dissemos o que não podia ser dito, o irremediável, ele saiu de casa. Quando voltou, depois de uma semana, as tentativas de consertar nossa vida foram sem empolgação, pouca fé em nós mesmos e quase sem sexo.

vinte

Anita era a principal dona do tempo. Não me importava que assim fosse, mas não deixava de sentir algum sentimento de culpa por deixar em segundo plano os impasses no casamento, o doutorado e a busca por papai.

Antes que ela entrasse na escola, eu precisava ficar com ela. Depois que foi matriculada, sentia que queria estar com ela. Sentada no meio da sala, esparramava lápis de cor, apontadores, cola, régua, livros e cadernos para fazer a lição. Quando terminava, ela gostava de desenhar. Eu ficava ao lado, lendo e escrevendo, pronta para ajudar, e ela sempre pedia ajuda, com a habilidade especial que tinha de identificar quem explicava melhor determinadas coisas: eu ou Otávio.

Depois que a mudei de escola, fiquei mais tranquila, e ela, mais segura. Assumi as aulas noturnas na universidade enquanto a relação com Otávio transformava-se em algo que eu não queria enfrentar; aborrecia-me pensar nisso, então eu me ocupava de outras prioridades e adiava.

Para convencer a mim mesma de que meus projetos e planos não cairiam no esquecimento, eu me obrigava a escrever, em uma morosidade ridícula, o projeto que apresentaria no pós-doutorado. Da mesma forma, muito de vez em quando abria a caixa de papelão de papai.

Tenho a impressão de que, durante esse tempo destinado a Anita, fiquei mais de um ano sem lembrar de meu pai. Às vezes, tinha a sensação de que encontrá-lo não era uma necessidade minha, mas dele. Eu vivia confortavelmente, e algo me dizia que ele precisava de mim; que eu era a única pessoa que poderia resgatá-lo, quem sabe, do destino de uma cidade que conseguia ser, quando queria, monstruosa.

Com a mesma lentidão do projeto que escrevia, mantive minha busca. Em oito anos, estive com três homens que tinham o nome de meu pai.

Eu já não sabia se queria realmente encontrar papai, e era com algum alívio que riscava os nomes da pequena lista que me tomou tanto tempo de pesquisa. De fato, independente de minha vontade, assim ia acontecendo: cada encontro com os homens que visitei resultava em um nome a menos. Tudo ia indicando que eu deveria, finalmente, aceitar o nunca.

Naqueles meses densos nos quais se fazia opressora a indiferença com que me tratava Otávio, a que eu correspondia com meu orgulho mudo, a lista representava uma tarefa; não um desejo; não mais a necessidade que me acompanhava desde menina. Foi assim que fui ao endereço dos homens com o nome de papai: como quem cumpre um dever, uma obrigação. No fundo, talvez não desejasse encontrá-lo porque temesse o impacto emocional da descoberta — sem saber se seria bom ou ruim —, porque me sentia confusa com o comportamento de Otávio.

Mas quando eu via, no canto da mesa, as anotações sobre a busca por papai dentro da pequena caixa que parecia estranhamente solitária e continha uma paciência resignada maior que o próprio tempo, eu me lembrava do que aquilo significava e do pensamento que me assombrava, que era a imagem do homem dilacerado e perdido em seu próprio sertão, em busca de mim e de minha mãe, para retornar para a cidade mais só do que partira. Também pensava em mamãe e eu, dele separadas por uma distância que poderia ter sido de um quarteirão ou uma cidade. Eu deveria insistir; saber se haveria ou não uma resposta, mesmo que fosse de renúncia. Tinha que descobrir, a uma distância de poucos nomes em uma lista, se deveria ou não assumir finalmente o luto da perda. Eu não poderia desistir antes dessa certeza.

Ao me confrontar com esses homens, a cada novo rosto eu lembrava não do rosto de papai, mas do homem anterior que visitara, e tive a certeza de que não seria por sua face que poderia identificá-lo, se é que ele era um dos nomes naquela lista improvável, que, no fundo, nada garantia, a não ser que o mundo era feito de pequenas coincidências como a origem de um nome tão comum, que surgia às dezenas.

Com certeza, mamãe poderia reconhecê-lo, mas, para mim, parecia uma tarefa impossível. Quando chegava a uma casa e o velho com o nome de meu pai se aproximava, ocorria-me uma sugestão poderosa, de que aquele seria, sem dúvida, o meu pai. Na ausência da memória, comparava seus traços com os meus, e sempre me via um pouco no homem; a boca, o braço, a testa, o nariz. Lamentava que não pudesse identificá-lo por outro tipo de memória, a dos cacoetes, do jeito de andar, da forma de se sentar, enfim, os modos que cada um carrega pela vida. Eu era pequena demais para reparar e guardar esses trejeitos do corpo que compõem uma pessoa. Isso uma menina não percebe.

Nessas ocasiões, não inventei que era pesquisadora; minha primeira intenção foi a de falar a verdade, mas refleti que, se eu contasse que estava em busca de um pai perdido, e esse homem tivesse família e filhos, o resultado poderia ser terrível, pois ainda que ao final se revelasse um equívoco, a desconfiança jamais abandonaria as mulheres que estivessem vivendo com os homens com o nome de meu pai.

Resolvi dizer que estava procurando um tio, que havia saído do nordeste em tal época, e que todos os parentes haviam perdido contato com esse tio. Como a região de todos os homens da lista era próxima de onde morávamos no sítio, eu era bem recebida, e ficávamos tardes inteiras conversando, pois mesmo depois de esclarecer que não eram quem eu estava procurando, eles gostavam de rememorar a época e o lugar. Somente um daqueles três homens ainda visitava a região de origem. Os outros se diziam velhos demais para viajar, e que durante décadas trabalharam de sol a sol, entre bonanças e recessões, entre trabalho e desemprego, com o tempo livre destinado a levantar as paredes das próprias casas e, mais tarde, fazendo os puxadinhos para genros e noras quando chegara a hora.

Puxadinhos e cômodos que acabavam ficando vazios, uma vez que os filhos finalmente conseguiam se mudar para as próprias residências, e as casas desses migrantes da primeira geração terminavam por parecer labirintos ou jogos de blocos, com quartos minúsculos espalhados por corredores e pavimentos, onde eles agora empilhavam ferramentas ou montavam marcenarias caseiras. Um deles construiu um viveiro de periquitos e outros passarinhos, atravessando no cômodo troncos e galhos, cercando com tela metálica a janela e a porta e criando uma barulheira infernal.

Os filhos iam bem — foi inevitável não pensar em mim mesma —, embora nenhum tivesse chegado aonde cheguei, e, talvez, refleti, a ausência de papai tenha de certa forma me empurrado nessa direção, sem esquecer de mamãe, que insistiu para que eu continuasse estudando. Fazia parte do jogo de renúncias, perdas e compensações da vida.

Geralmente os filhos eram profissionais técnicos, alguns com curso superior. Eu achava familiar e sempre considerei delicioso — embora eu mesma não tivesse esse tratamento com mamãe — o modo com que os filhos pediam bênção e o diminutivo que usavam para se referir à mãe. Mainha. Era esse o último resquício de suas origens, porque os netos, descendentes de migrantes e da metrópole, já não manifestavam nenhuma dessas características e estranhavam quando a avó estendia as mãos para que eles as beijassem ou pousava a palma em suas cabeças para benzê-los. Para eles, os velhos eram apenas o motivo das visitas periódicas e cada vez mais espaçadas, até que eles mesmos crescessem e tivessem idade e autonomia para decidir por visitas improváveis, isso se os avós ainda vivessem tanto.

Depois de dois anos, eu me dirigi ao quinto nome da lista, cujo endereço era um asilo na zona norte. Eu jamais havia entrado em um asilo, e tinha uma ideia ridiculamente bucólica desses locais, talvez porque morasse perto da universidade, um local arborizado e de gente com grana. Pode ser também que esse asilo seja o mais decrépito da cidade, não sei. Talvez seja o padrão de asilos para as periferias das velhices abandonadas.

A mulher que cuidava do local demonstrava cansaço acumulado e falta de esperança. Quando soube que eu procurava um pai desaparecido, mudou de expressão, como se fosse raro e improvável que alguém de fora se interessasse pelo que acontecia dentro daqueles muros. Ela procurou nos registros e achou o nome do homem que era o mesmo de papai, e se alegrou dizendo, que, afinal, aquele era o senhor Tião, como era chamado. Havia muitos idosos residentes, e ela conhecia todos pelo nome ou apelido, e no caso do homem que eu procurava, era pelo apelido que ele era chamado havia dez anos, desde que lá chegara. Por isso teve que se socorrer dos registros.

Antes, ela quis me mostrar o lugar, como se quisesse me oferecer uma vaga para residência. Abriu para mim as portas altas, talvez do começo do século, de madeira envernizada, com molduras de filetes e uma bandeira em meia-lua no topo. No interior, o pé direito era elevado; o local devia ter sido um galpão ou uma fábrica, que depois adaptaram para moradia.

Ao lado dessa porta, nas laterais, ficavam os banheiros que ela fez questão que eu conhecesse. Entramos no masculino; pressenti que, antes de me levar até o homem que procurava, ela quisesse mostrar a rotina e os ambientes por onde ele circulava. Era bem limpo, com chão de cimento queimado e uma fileira de duchas que lembrava as de um clube municipal ou um presídio. Os vasos eram separados por tapumes que davam maior privacidade, e ao lado da porta ficava uma bancada de cimento com quatro torneiras, onde os velhos escovavam os dentes e lavavam as mãos.

A maior parte dos internos estava no pátio, ela avisou. No alojamento permaneciam aqueles que não conseguiam andar. Para esses, os funcionários revezavam-se na tarefa de levá-los para o pátio, onde ficavam pouco tempo sob o sol e ar fresco, para que os demais pudessem também desfrutar.

Entendi porque a funcionária quis me mostrar primeiro os banheiros, como uma preparação para a cena que eu veria, que parecia uma enfermaria em um filme de guerra, onde um longo e estreito corredor que levava ao pátio e ao refeitório separava duas fileiras de camas, trinta e quatro de cada lado, quase coladas umas às outras.

Ela me disse que o homem que eu procurava não era inválido, e que estava no pátio junto aos demais, e então apressou o passo para me conduzir até lá. Mas eu reduzia, quase parando, cada vez que me defrontava com as camas onde os que não podiam mais caminhar estavam espalhados, porque não ficavam, como eu achava lógico, concentrados em um setor do alojamento, para que o trabalho dos funcionários fosse mais eficaz.

Em tempo algum, até hoje, me deparei com tamanho sentimento de desolação, nem senti tanta tristeza por fazer parte de um mundo que reservava, entre as paredes descascadas e o corredor estreito, tamanho abandono de tudo que poderia ser humano. Em algumas camas, sentia-se o miasma das fezes incontroladas, que provavelmente tinham acabado de ser produzidas, ou que os funcionários ainda não tinham percebido. Ou não tinham tido tempo para trocar, porque precisavam levar e trazer para o pátio aqueles que não podiam ir sozinhos.

Tentei fazer um paralelo com a minha noção de angústia ao pensar nos retirantes que vagavam sem nada a não ser seus corpos, através do sol cabal do sertão. Mas não havia semelhança. No asilo, era pior; estava no fim de todos os sonhos.

Os velhos em pior estado olhavam fixo para lugar algum e mal percebiam que eu estava ao lado perscrutando-os. Exalavam um inconformismo cheio de ódio em relação ao tempo, sádico, como se fosse por crueldade que ele, o tempo, evitava que a morte chegasse com brevidade e acabasse logo com aqueles homens de ilusões destituídas.

Haveria quanto tempo que estariam mortos em vida, na acepção mais pura da palavra solidão?, refleti. E quantas histórias, quantas memórias perdidas e valiosas de um tempo do qual eles eram as últimas testemunhas e que, em breve, se transformaria em esquecimento absoluto, em morte derradeira, no nada que não deveria ser a morte de seres que se comunicam. Que acervo de experiências de vida acabava naquelas camas e transformava-se em limbo. Talvez fosse essa a derradeira amargura dos velhos, que não tinham mais a quem contar a história de suas vidas, suas angústias e certezas.

Réstias de gente que armazenava lembranças que se apagariam definitivamente, sem que ninguém mais soubesse que existiram, que viveram e que tinham algo a contar. Como disse um filósofo italiano ao recordar uma irmã que morreu ainda criança, e ele, velho, amargurava a consciência de que era a última pessoa no mundo a se recordar daquela menina, e que, com sua morte, a última lembrança dela — ela mesma — seria extinta para sempre. Ele, que era o último da estirpe e único guardião da existência de uma pessoa, foi capaz, graças a seu triste relato, de dar a única resposta possível para esse tipo de desesperança: de que a cultura é a única forma de perpetuar a vida. Eternizou a irmã porque soube da importância e do valor da memória.

Lembrei-me ainda de uma amiga da faculdade, que escreveu um livro a partir de sua tese, na qual recuperou a memória de velhos da cidade, e na qual cada relato era de uma riqueza historiográfica e emocional demolidora. E pensei naqueles velhos que estavam ali, e como a gente caminhava a passos largos para transformar a indiferença em modo de vida, a história em mofo e as relações surgidas da oralidade em coisa extinta.

Sofregamente saí da área de alojamento, de onde chegamos a um pátio grande, com uma figueira, dezenas de cadeiras e alguns bancos de ferro, provavelmente recuperados de parques públicos ou demolições, porque eram diferentes entre si. No lado direito, uma passagem coberta por telhas metálicas levava ao refeitório, que a funcionária me apontou.

Alguns velhos se reuniam em rodas, outros ficavam isolados, sentados ou caminhavam solitariamente. Quando me vi em meio aos grupos, que me olhavam curiosos, foi que me recuperei do choque do que havia visto no alojamento e me dei conta do que estava fazendo, do motivo pelo qual eu estava lá, e a ansiedade que sempre precedia esses momentos me tomou de angústia e eu, mais uma vez — pela quinta vez —, ia de encontro a um homem com o nome de meu pai, e olhava curiosa para um a um com quem cruzava no caminho.

Bem ao fundo do pátio, dois homens conversavam, um sentado em um banco de jardim e outro apoiado em uma árvore. A funcionária avisou que aquele que eu procurava era o que estava de pé.

O rosto do homem nada me dizia. Se eu cruzasse pela rua não daria atenção. Seus olhos em nada lembravam os olhos que, afinal, eu também mal conseguia recordar em minhas fantasias.

Era meu pai.

vinte e um

Queria chegar logo em casa, o asilo era longe e sentia uma necessidade enorme de encontrar Otávio, porque não havia ninguém mais no mundo que soubesse da minha história; ele era o único a quem eu não precisaria explicar desde o início, bastando dizer que havia encontrado quem eu procurava. Percebi isso enquanto dirigia, atordoada pelo encontro do homem que era meu pai e incerta se deveria comemorar ou chorar, mas, qualquer que fosse o desfecho, só Otávio sabia dos anos que eu passara procurando. No mundo, só havia ele para me ouvir.

Minha mãe havia morrido, eu era talvez a última pessoa em quem restava o legado da memória de um homem que, se eu não tivesse encontrado, vergaria sua vida incerta por alguns anos ainda até que o mundo o esquecesse. Eu era a última testemunha dos fatos de minha pequena família. Precisava também contar para Anita, que certamente receberia a notícia como quem recebe um presente, e os anos que ainda restassem ao avô dariam a ela a capacidade de preservá-lo em suas lembranças.

Mas era com Otávio que eu pretendia desabafar, para que pudesse elaborar meus sentimentos e entender o que isso mudaria em minha vida, o que representava esse reencontro, de um mundo tão distante de quem eu era, em um momento em que não sabia se eu mesma me encaixava em meu passado.

Nossa relação estava na pior fase; ele, irascível, e eu dando de ombros, não me deixando levar pela comédia burguesa cada vez mais intragável e previsível das crises conjugais; minha vida ia muito além disso.

Portanto, não lamentava a iminente separação, mas, naquele momento senti tristeza, porque havia acontecido algo espetacular, que a qualquer momento poderia transbordar em uma catarse imprevisível, e eu gostaria de ter Otávio ao meu lado, que por sua vez era a única e última testemunha da minha história (pensei: e se morro no caminho de casa, dirigindo descontrolada como estou?). Não havia mais ninguém para me apoiar naquele momento.

Enquanto contava a ele o que tinha acontecido, ainda incrédula pelo choque da revelação, Otávio me ouvia arisco, se é que ouvia, e não me olhava. Não era um comportamento muito diferente daquele que vínhamos enfrentando havia meses. Mas eu queria superar e não fiquei ofendida, e repetia sem parar, entre lágrimas e comoção, que havia encontrado meu pai.

Houve apenas um instante, quando ele deixou escapar um leve sobressalto, em que ficou claro que ele compreendera o que eu estava lhe dizendo. A sua indiferença sofreu uma espécie de pausa, para se certificar de que realmente eu estava contando aquilo, e ele finalmente revelou um misto de curiosidade e alívio, que eu ainda não era capaz de compreender. Mais alívio do que curiosidade.

Eu acreditava que as coisas extraordinárias da vida mereciam uma pausa, uma trégua nos estranhamentos, e que a indiferença mútua entre mim e Otávio seria algo pequeno e ridículo diante das coisas que realmente importavam, aquelas que dizem respeito à vida, à morte, ao reencontro.

Esforçava-me para falar com ele com um tom de normalidade que havia tempos não usávamos, dando a entender que podíamos dar certo, que tantas picuinhas acumuladas não representavam grande coisa nesses momentos extremos em que uma vida se transforma.

Quanto mais ele desviava o olhar, mais eu me esforçava para parecer normal, para conversar como se o último ano tivesse sido um dia, e mostrar que estava despida de mágoas. Falava sem parar, contando detalhes que nem eram tão imprescindíveis, mas que fazem parte do diálogo de seres que se importam, que se querem e se interessam. Contei sobre a sensação de abandono e esquecimento no longo corredor de camas perfiladas do asilo, que eu narrava, intercalando com a descrição da longa conversa que tivera com o homem, das coisas que ele dissera e que só meu pai poderia saber; então eu falava de planos, uma casa com edícula para hospedar o velho, e perguntava o que ele achava da ideia. Mas ele não alterava seu comportamento ausente, e eu continuava: "Vai ser bom para Anita; ela vai gostar de saber que ganhou um novo avô".

Eu me desarmava completamente, e continuaria falando por horas, ou até que minha tentativa de mostrar que tudo podia dar certo entre a gente consertasse o que havia de errado conosco, quando, em um momento de pausa, Otávio me disse que iria embora.

vinte e dois

Em algumas ocasiões, eu convivia com as pessoas que trabalhavam com Otávio. Não falo dos amigos íntimos, que se tornaram também meus amigos, os que frequentavam nossa casa, partilhavam fins de semana fora da cidade e, por vezes, coisas como festas de fim de ano. Falo sobre os colegas de trabalho, aqueles das relações passageiras.

Por exemplo, os residentes que Otávio acompanhava. Ele era assistente da universidade de medicina, e cabia a ele ajudar na orientação dos residentes. Por vezes, quando eu o buscava no hospital para emendar a noite em um restaurante ou cinema, acompanhava o burburinho feito de ambição dos novos médicos que o assediavam e queriam agradar. Nada muito diferente do ambiente acadêmico.

Alguns meses antes de encontrar meu pai, houve um jantar de confraternização entre os médicos, residentes e enfermeiros. Sentada quase em frente a mim e Otávio, uma residente procurava chamar atenção e falava mais alto que os demais. Estava acompanhada de um rapaz que mal abria a boca e para o qual ela mal olhava.

As conversas giravam em torno de frivolidades e fofocas do hospital, e eu, assim como a maior parte dos acompanhantes, sentia-me extraviada daquele mundo. Sentado bem ao lado, consciente de que a maior parte das conversas não nos dizia respeito, Samuel, um de nossos amigos mais próximos, um cara divertido, me dava atenção. Talvez Otávio tivesse contado a ele como andava nossa relação, e por isso ele me distraía, para que eu não passasse pelo desconforto de me ver sem assunto com meu marido, pois essa era a sensação do meu casamento. Sem assunto e sem vontade de criar qualquer assunto.

Durante o tempo do encontro, a residente olhava na minha direção de modo furtivo, medindo, avaliando, como se tentasse descobrir algo só meu.

Para mim, eram evidentes esses vislumbres de curiosidade e hostilidade, que lembravam o jeito com que minha sogra me olhava quando eu a conheci, na casa de Otávio.

Cada vez que olhava na minha direção, a residente, que não procurava disfarçar ou era tosca demais para simular discrição, demonstrava um amontoado de contradições; ora transparecendo altivez; ora entristecida como se estivesse derrotada; novamente desafiadora, revelando um brilho feito de orgulho, e eu sabia perfeitamente que era óbvia sua tentativa de disputar e aparecer, esforçando-se para ser a alegria da festa, exagerando a gargalhada, exibindo uma maneira de ser à qual eu não prestava a menor atenção, como os dentes branqueados, o decote da blusa azul transparente, a entrevisão de um sutiã rendado provavelmente importado, a roupa de marca, sapatos que deveria calçar pela primeira vez, sem marcas de uso, o retoque da maquiagem e do batom — foi e voltou ao banheiro umas quatro vezes —, o nariz de princesa entojada, as unhas feitas provavelmente ainda naquela tarde. Mas eu estava me lixando, como sinceramente acreditava que estava me lixando para Otávio.

Na hora da despedida, ela se afastou do grupo e olhou de longe com ódio. Alguém disse que a misantropia é coisa masculina, provavelmente pensando em um suposto instinto de competição do gênero. Quem disse isso desconhece o cio selvagem da competição entre as mulheres, que concentram tanta energia sobre algo tão fútil quanto a ilusória posse de um homem. Eu tinha certeza disso, e julgava mesmo estar me lixando para ela.

Outras vezes, eu a encontrei no hospital, sempre seguindo Otávio como um cão de estimação que procura fazer truques para agradar o dono. Tentava se exibir enquanto comentava diagnósticos e exibia o sorriso de dentes clareados como se fosse engraçado dizer pericardite aguda ou amiotrofia muscular, sempre olhando fixamente para Otávio e disputando sua atenção.

Tinha uns quinze anos menos que eu e Otávio, e não havia a menor relação, nem mesmo semelhança física, com minha sogra, mas ela me fazia recordar do dia em que Otávio me levou à casa dos pais para me apresentar sua família.

Era um almoço, e parecia que eu chegara para estragar o apetite. Otávio me poupou os detalhes, mas eu tinha certeza de que ocupava na cabeça da família a categoria de hippie cabeluda. Mas ele não me escondeu o fato de que a família era carola e conservadora, e de que seus pais esperavam outra coisa da noiva do filho. Uma maneira de ele assegurar, nem que fosse para si, que não se importava. Foi como noiva que me apresentou, de surpresa, à família, que não esperava nem sabia que eu estaria no almoço.

Nem eu mesma sabia que naquele dia seria chamada de noiva, e com certeza isso contribuiu para o constrangimento geral, meu e da família. Era verdade que estávamos em uma relação duradoura; eu dormia no apartamento dele com uma constância cada vez maior. Mas noivado soava aos meus ouvidos como um palavrão, e não sei, até hoje, se ele disse por brincadeira ou provocação, para ver o espanto de seus pais. A mãe — era impossível isso acontecer de forma natural — usou o clichê de engasgar no meio da refeição no momento em que ele disse "noiva".

Otávio ainda dependia do dinheiro dos pais. Não se importava com isso, não queria sofrer privações nem sentia necessidade de provar que era capaz de se virar sozinho. Era início de carreira, entre a universidade, hospitais — dava plantão em três ou quatro — e o consultório compartilhado em que atendia uma vez por semana, até que formasse uma clientela maior. Costumava pedir aos pais tanto dinheiro quanto fosse necessário, e o fato de que eu contrariava os anseios do padrão que sua família sonhava para uma noiva não causou nenhum tipo de pressão nesse sentido. O dinheiro que ele pedia, recebia.

    Talvez achassem que eu fosse uma distração passageira e que a relação não poderia dar certo. Impossível dar certo, era o que eles pensavam. A gota d'água e fonte de uma tensão permanente durante os dez anos de casamento foi minha recusa a me casar na igreja. Para mim, foi melhor assim, pois essa hostilidade inaudita com a família dele não me obrigaria a passar muito tempo em eventos sociais com aquela gente que não tinha nada a ver comigo.

vinte e três

Ou ele arrumou as coisas dele em uma velocidade impressionante ou já deviam estar cheias as três malas com que saiu de casa levando tudo o que julgava essencial.

Otávio era carinhoso e cuidadoso com Anita. Procurava, creio, compensar a frieza de que me acusava ou, ainda, o fato de ter uma amante. No entanto, naquele fim de tarde, quando disse que ia embora, Anita estava conosco na sala e ele não pareceu se importar. A menina, em questão de minutos, ficou sabendo que ganhara um avô e que o pai estava partindo.

Primeiro, me senti fracassada. Depois, tola. Durante uma hora, tentei conversar com Otávio como se tudo estivesse normal — e eu acreditava nisso —, contando a coisa mais extraordinária que me acontecera, de um impacto emocional ao qual ele não poderia ficar indiferente. Mas o que ele mais queria era um momento de pausa enquanto eu falava sem interrupções, para que pudesse anunciar que ia embora. Contar que eu localizara meu pai foi para ele um alívio, talvez porque julgasse que eu teria do que me ocupar e com quem compensar sua partida.

Durante a primeira madrugada em que ficamos sós, eu não conseguia dormir porque não me conformava: por que não acontecera um pouco antes ou um pouco depois, e sim no exato momento em que encontrei meu pai? Qualquer situação seria melhor do que o abandono justo naquele dia. Os papéis pareciam se inverter com outra noite, muito antiga, porque, desta vez, eu chorei e Anita me afagou, me consolou das dúvidas que ela mesma deveria sentir. Em vez de perguntar o que tinha acontecido com o pai, foi carinhosa comigo. Murmurei para ela, ou julguei murmurar, "seja forte, filha". Pensei na morte de mamãe e no meu desamparo. Gostaria de descobrir como se faz para medir a intensidade da tristeza e de quantas formas ela pode ser feita.

Quando quase amanhecia, abraçada a minha filha, que dormia um sono isento do mundo, lembrei-me de quando Anita tinha cinco ou seis anos e me perguntara, de supetão: "Mãe, antes de eu nascer, o que eu era?". A menina revelava uma dúvida ao contrário da que todos temos na infância, que é sobre o que acontece depois que morremos.

Aquela pergunta de criança me maravilhou e serviu de inspiração para sempre, e percebi, no momento, que eu não tinha resposta. Poderia fazer um tratado filosófico na faculdade — como fiz —, mas não sabia responder para uma criança. São coisas que só cabem no amor cúmplice de mãe e filha, e eu disse a ela: "Você sempre existiu, em meus sonhos, até que um dia achou que tinha que virar minha filha de verdade".

Gostaria de ter, eu também, acesso a uma resposta mágica, porque, como ela, estava cheia de perguntas, absorta entre dois acontecimentos antagônicos e de cujas consequências eu não tinha a menor ideia.

Havia, decerto, diferenças intransponíveis entre o que acontecera comigo aos nove anos e o que acontecia agora com Anita, mas a solidão de mãe e filha, em uma noite para sempre congelada em seus minutos intermináveis, essa era igual.

Eu desconhecia aquela sensação, um sentimento novo para mim. O aborto, a ausência de Caio, o nascimento de Anita, a morte de minha mãe, haviam provocado tristezas ou depressões que eu mais ou menos identificava. O abandono de Otávio, em um dia em que isso não poderia acontecer, subtraiu minha capacidade de agir, me deixou sem ação como se eu fosse estúpida, com o pensamento obtuso, sem saber o que fazer. Não era depressão ou tristeza, que tiram a vontade de se fazer as menores coisas cotidianas. Era uma inação, uma espécie de amnésia das coisas que fui e era, ou como se estivesse na cabine de um avião com milhares de instrumentos desconhecidos e dependesse de mim fazer decolar o aparelho.

Depois de quatro dias, em que ele não telefonou, nem mesmo para Anita, fui procurá-lo. Era insuportavelmente estranho e inexplicável o que acontecia. Na saída do hospital, eu, com cara de mulher imbecilizada, provavelmente disse que queria conversar com ele, e ele aguardou em pé, em frente ao carro, como se esperasse alguma pergunta, que eu não tinha, porque eu queria que ele voltasse, ou, pelo menos, me poupasse o vexame de me humilhar em público, implorar, diante de sua impaciência de entrar logo no carro.

Otávio respondeu que não seria mais possível, porque ele já tinha alguém, e entendi na hora — fatos que a memória desperta de uma só vez —, como se fosse óbvio o que estivera opaco: entendi que ele estava havia tempos com a residente, que se chamava Márcia.

vinte e quatro

Eu nada disse a ninguém sobre o homem que levei para casa e que agora ocupava o quarto onde fora o escritório de Otávio.

Anita se acostumou rápido a ele. Ainda confusa sobre a partida do pai, ajudava o velho em suas debilidades, como se estivesse brincando enquanto explicava a ele como se comportar, atender o interfone ou arrumar a cama, com um esmero de detalhes que eu desconhecia. Eu sequer imaginava de onde ela tinha tirado aquelas regras, que não reconhecia em meu cotidiano.

Era muito recente a saída de Otávio, e não fui clara com ninguém sobre isso. Ignorava se Anita tinha ouvido as discussões antes da separação e o que ela pensava a respeito do pai. Eu respondia, sem convencer nem a ela nem a mim, que, às vezes, um casal se desfaz aos poucos, e que, talvez, fosse realmente esse o único motivo.

Ela não se convencia e percebia que eu era evasiva, ao que ela respondia com mutismo e sensação de culpa, perguntando se o pai fora embora por algo que ela tivesse feito. Por mais que eu me esforçasse para provar o contrário, Anita, que estava para fazer dez anos, necessitava de uma resposta simples, que eu não podia oferecer. Não adiantava alegar que isso era assunto de adultos, embora fosse uma resposta adequada, pois, ao contrário do que fora a minha infância, a menina participava das conversas dos pais e podia questionar a razão dos adultos.

Dois meses depois que ele partiu, ela tornou-se irritantemente teimosa e insistente; queria uma resposta que a convencesse, e eu acabei usando do acervo que conhecia, dizendo, asperamente, que ele fora embora porque sim, porque resolvera ir, e que isso não era da conta dela. O silêncio de minha mãe, se, de alguma forma, serviu para me fortalecer — como ela acreditava —, não era algo que eu pretendia reproduzir na relação com minha filha. Mas cresci entre dois mundos, entre Otávio, a cidade, a universidade e a ocultação de minhas reminiscências afetivas, coisas tão diferentes que eu não sabia direito qual desses mundos era o mais adequado para tratar com minha filha.

Ela foi se acostumando, como toda criança tem que se acostumar. Ninguém melhor do que eu sabia disso, mas Anita continuava com perguntas que a assombravam, e permanecia a lacuna que eu não conseguia preencher para ela.

No dia em que eu trouxe meu pai para casa, ele não queria entrar. Ficou petrificado na soleira da porta e não atendia a meus apelos. Decidi entrar para mostrar o caminho, mas sua reação foi recuar dois passos. Passei o braço por seus ombros, sentindo-me desconfortável com o contato físico. Ele nada disse; olhava fixo para dentro do apartamento através da porta aberta, e eu tentei empurrá-lo com um pouco mais de força quando percebi que ele, ao contrário do que o corpo sugeria, parecia sólido como uma parede, com pernas fortes que lhe conferiam uma resistência que eu não supunha.

Então eu, que me sentia tão sem jeito com as pessoas, e pior ainda depois de Otávio ter me acusado de ser uma aleijada emocional, fiz algo de que não me julgava capaz, mas que se tornava necessário se eu quisesse que aquele homem entrasse em minha casa e em minha vida.

Livrei seus ombros, me aproximei e fiquei na frente dele, os rostos próximos além do que eu costumava permitir, e olhei fixamente em seus olhos, procurando, com os meus, transmitir tranquilidade. Fiquei muito tempo nessa posição, porque eu queria dizer "pai", queria iniciar a frase com "pai", mas percebi que isso era algo tão difícil de fazer, tão doloroso e improvável, que meus olhos anuviaram quando, já pela quarta ou quinta vez, tentei dizer.

Eu me recompus e falei: "Olha para mim, olha nos meus olhos", e, sem dizer "papai", só consegui:

— Senhor, esta é a minha casa, é onde o senhor vai morar, esta é a casa da sua filha. — Mesmo isso foi difícil dizer, porque mais eu não conseguiria, caso contrário seria eu dali a pouco que contribuiria sem querer para o impasse no corredor. Eu insisti:

— Entre.

E ele entrou, devagar e desconfiado, mas entrou.

Enquanto durou o conflito diante da porta, Anita foi para seu quarto e deve ter ficado um tempo espiando e aguardando o desfecho. Assim que o homem finalmente entrou, ela apareceu e se aproximou, e juntas mostramos o apartamento.

O primeiro cômodo que apresentamos foi o quarto dele. Sem resistência, ele me entregou a pequena mala de napa, que continha tudo que possuía, e mostrei as gavetas vazias onde deveria guardar a pouca roupa que carregava. Abri a gaveta das toalhas e das roupas de cama, explicando que ele poderia usá-las assim que decidisse trocar os lençóis. Ele acompanhava as explicações como se estivesse decorando uma tarefa que realizaria para um terceiro, e não como se aquilo tudo fosse dele. Depois mostramos o banheiro, que era no corredor, em frente ao quarto. Eu mostrava, mas Anita era quem explicava e fazia demonstrações. Começava a tratar o avô como as meninas de dez anos tratam as crianças mais novas. Era hora do almoço. Na cozinha, abri a geladeira para ele, mostrei o filtro de água e a cesta das frutas, deixando claro que ele deveria se servir a qualquer hora que quisesse. Anita, mais eficiente que eu, levou-o até a cesta e colocou uma maçã em suas mãos, e o fizemos sentar na cadeira enquanto preparávamos o almoço.

Aquele homem de história incerta e, talvez, com feridas permanentes, era um completo mistério e eu nada podia fazer quanto a isso. Teria que tentar distinguir se ele era canhestro ou se sua memória falhava. Nada sabia de sua saúde, e a principal dúvida era se ele sofreria de alguma doença, se tinha episódios de esquecimento, ou até onde sua memória aparentemente em frangalhos conseguiria resgatar o que tinha sido sua vida antes dos dez anos que passara no asilo.

Os lampejos de longa data pareciam vívidos o suficiente, pois aquilo que me contou de nossa vila e daquela época era nítido a ponto de fazer com que eu o reconhecesse como o pai perdido. Mas o que teria sido sua vida desde que chegara nessa cidade? Onde tinha morado, em que condições, com o que estaria habituado? Disso eu não fazia a menor ideia e teria que começar do zero, porque comigo ele foi só silêncio nas primeiras semanas.

Nas brincadeiras com Anita, percebia que ele falava bastante; era quando eu procurava ouvir o que dizia e conhecê-lo através desses momentos. Mas quando me aproximava, ele silenciava novamente, e ao questionar Anita sobre as coisas que o avô lhe contava, ela dava de ombros como se minhas perguntas não fossem significativas. Que eu também conversasse com ele, era o que ela me dizia, insinuando assim que também era capaz de construir e manter segredos e mistérios. Era sua vingança infantil contra a ausência de explicação sobre a partida de Otávio.

No segundo dia após sua chegada, eu o vi parado na porta da cozinha. E perguntei o que ele queria. Eu já quase não lembrava de sua voz, que ouvira tantas vezes no asilo durante os quatro meses de visitas semanais. Ele respondeu com a voz grave de um trovão inofensivo, que ecoa distante.

— Água.

Eu o levei ao filtro e mostrei onde ficavam os copos, logo ao lado, mas ele permaneceu estático, embora eu insistisse que ele poderia se servir à vontade, mas tive, afinal, que encher o copo e lhe entregar.

Ainda nesse dia, embora eu tivesse mostrado a gaveta das toalhas e dito que ele podia tomar banho quando quisesse, tive que interrogá-lo se ele queria tomar banho. Ele não respondeu que sim nem que não; ficou olhando para mim. Então eu disse que ele podia tomar banho, mas não surtiu efeito. Então eu disse que ele tinha que tomar banho, e ele se deixou conduzir, e novamente mostrei a gaveta, tirei uma toalha e o acompanhei até o banheiro, mostrando as torneiras fria e quente. Temendo que a água ficasse muito quente ou muito fria, abri as torneiras até chegar à temperatura ideal e saí do banheiro. Depois de dez minutos, ele apareceu de banho tomado. Acumulavam-se minhas dúvidas sobre o tipo de necessidade dele e de quanto apoio aquele homem precisaria.

No terceiro dia, passei pelo corredor e senti o cheiro. Fui até meu quarto e voltei: não era lá. Parecia vir do quarto daquele meu pai. Entrei, mas o cheiro também não vinha de lá. Ele estava sentado na sala, talvez assistindo à televisão, que era uma das coisas que os velhos faziam no asilo. Voltei ao corredor e senti novamente: vinha do banheiro. Ele não havia dado descarga, e era enorme o volume dentro do vaso. Puxei a descarga e o cheiro da coisa remexida tornou-se quase insuportável. Saí apressada e disfarçando, sem saber como lidar com a situação. Sentia que poderia humilhá-lo se apontasse o dever de usar a descarga. Ou poderia ter sido esquecimento? Por outro lado, será que nesses três dias ele não havia usado o banheiro? E se havia, tinha se esquecido somente dessa vez, ou então, pelo contrário, aquela era mesmo a primeira vez que ele usava a privada?

De tudo, resta um pouco. Depois de três meses, o homem que deveria ser meu pai era de casa. Alguns lapsos ocorriam, e, com a intimidade aumentando, nós nos sentíamos seguras para lembrá-lo de alguns esquecimentos ou regras que Anita, mais desenvolta que eu, cobrava-lhe. Toalhas recolhidas, roupas sujas no lugar certo, louça suja na pia. Nessa época não tínhamos empregada; eu não queria ninguém estranho por perto enquanto tentava recompor minha vida.

Ele se mostrava mais ativo. Passou a sair com Anita. A princípio, eu ia junto, depois, passei a acompanhar a partir de uma certa distância, mantendo-me visível e ao alcance. Então Anita foi quem me disse a respeito de um pedido do avô: ele se oferecera para levá-la até a escola, que era perto. Perguntei a ele, que confirmou, dizendo que queria mesmo fazer isso. E que eu poderia dormir mais, pois percebia que eu chegava tarde do trabalho e ainda ficava horas na escrivaninha. Porém, fazendo nada. Ele não sabia que eu vivia sob automedicação.

Eu procurava não indagá-lo e evitava falar da infância: tinha receio de descobrir que tudo fora um enorme engano — que ele não era meu pai —, e, se isso fosse verdade, eu não estava preparada para tomar qualquer decisão. Pretendia deixar esse questionamento para o momento em que estivesse melhor.

Nossas conversas giravam em torno do nosso cotidiano, das notícias da TV, das emissoras de rádio com músicas de que ele gostava e de comida. Falávamos muito sobre comida. Assim eu prorrogava o momento de se fazer concreta a certeza ou a dúvida, e ele parecia compreender que eu evitava ficar a sós com ele, falar o que ainda não fora dito, que era a evocação sobre o buraco que se abrira entre nós durante tantos anos. Sobre mamãe, apenas disse que ela havia morrido no desabamento de uma laje na calçada. Ele queria ouvir mais, e eu alegava trabalho e deixava para depois. Tentava acreditar, sem a menor convicção, que haveria um dia melhor em que fosse possível enfrentar o que tínhamos que enfrentar.

Um recalque que ele mantinha era em relação à cozinha e à geladeira. Parecia muito difícil abrir a geladeira. Ou abrir os armários onde estavam as coisas que descobrimos que eram as de que ele mais gostava. Com temor quase religioso, ele abria a porta da geladeira. Depois de abri-la, fazia uma pausa com a porta semiaberta e muito vagarosamente tirava algo de dentro. Coisa que o tempo resolveria, eu pensava.

Da sala, não tínhamos visão do interior da cozinha. Eu o flagrei algumas vezes saindo de seu quarto na ponta dos pés, certificando-se antes de que não o notávamos, em direção à cozinha, onde ficava um bom tempo e voltava sem nada nas mãos. Eu notava essas escapulidas com o canto dos olhos, fingindo assistir TV, porque não queria constrangê-lo.

Decidi abordá-lo para descobrir o que ele queria. As portas dos armários estavam escancaradas e ele ficou pálido quando me viu e se apressou em fechá-las. Eu perguntei o que ele procurava, e ele respondeu que nada, como se fosse possível dizer isso em meio ao flagrante.

Anita foi quem me contou; era sempre ela que trazia as notícias embaraçosas ou os pedidos que meu pai não tinha coragem de fazer. Como na ocasião em que estava com um terrível acesso de tosse, que procurei minimizar fazendo um chá com mel e limão, e foi Anita que anotou o nome de um xarope que ele ditou, e que era o único que funcionava para ele.

Foi ela que esclareceu o mistério do avô na cozinha; ela perguntou uma única vez o que ele queria, e logo depois me contou, como coisa óbvia que somente eu não soubesse, que ele estava procurando os ingredientes para fazer uma lasanha, mas sempre faltava alguma coisa. Ele queria preparar uma refeição surpresa para nós. Imaginei que quisesse preparar um prato regional, algo assim. De onde ele tirara a ideia da lasanha? O problema era que ele não encontrava todos os ingredientes de que precisava. Para não trair a confiança que ele depositava em Anita, pesquisei uma receita e comprei os itens, mas ele continuava retornando silencioso da cozinha. Ela o acompanhou até a cozinha em um momento em que eu não estava e tomou nota do que faltava. Foram juntos comprar. A lasanha não era com molho de carne moída, como eu pensara. Era com camadas de presunto e queijo, molho de tomate e tomates frescos picados, e tinham que ser tomates italianos.

Quando cheguei à noite, jantamos a lasanha, melhor do que a de muitos restaurantes, e meu pai servia com perícia as porções que desmanchavam na boca. Talvez fosse esse o ritual que ele esperava para dar o próximo passo no nosso relacionamento, talvez sentisse que precisava ser útil para ocupar um lugar na casa, porque finalmente passou a conversar sem que fosse a meia-voz e olhando para o chão. Em suas confidências, ele agora me incluía.

— O que o senhor fazia, vovô? — Anita quis saber.

— Eu fui garçom.

— E depois, vovô?

— Fui cozinheiro em um restaurante, acho que foi o que fiz por mais tempo na vida.

— E antes? Antes ainda, vovô?

— Ah... trabalhei em obra, era servente, eu carregava girica o dia inteiro, subia com ela no andaime e levava bem para o alto, que é onde eu gostava de comer, olhando tudo de cima, e depois aprendi a dar acabamento, assentar azulejo, que é uma coisa bem difícil. Tá vendo esses da cozinha? Não são tão bons como os que eu colocava, com palito de fósforo e trena. Só coisa fina. Aí acabaram as obras e eu fui para o restaurante, mas antes, acho que antes, eu ficava de vigia noturno em uma loja, não sei se ainda existe esse lugar. Ou foi depois da obra que fui vigia, menina? Uma coisa assim.

Nessa hora eu quase pedi para ver seus documentos. Eu diria a ele: "É para eu ver a foto de quando o senhor era mais moço". Mentia e me contradizia, porque no fundo não queria ainda enfrentar a dúvida. Não era a hora de me deparar com surpresas devastadoras. Os documentos poderiam revelar que ele não era quem eu achava. E mesmo que apontassem nesse caminho, os documentos emitidos para aqueles que chegavam na cidade e que não tinham sequer uma certidão de nascimento eram preenchidos com qualquer informação que o declarante prestasse. Desisti de pedir. Talvez um dia. Não aquele. Não no momento em que ele começara a falar.

— Conta agora, vô, de quando minha mãe era pequena.

— Isso faz tanto tempo, filha, tanto tempo... sua mãe era uma peste, não parava de bulir com a criação que a gente tinha, um cabritinho fedido não gostava dela, e ela atazanava ele, jogando o cachorro para brigar com o cabritinho.

Anita gargalhava com as histórias, e eu tinha certeza de que ela nunca vira um cabrito de verdade.

— Eu trabalhava para um coronel, sabe? Um fazendeiro; eu plantava e colhia nas terras dele, e tinha o sítio que era meu, e eu também plantava umas coisinhas e tinha uma criaçãozinha, sabe?

— E como chamava minha avó, vovô?

Ele fez um silêncio feito de fracasso, ficou pálido como se a memória lhe subtraísse de forma cruel algo que não poderia esquecer.

— Faz tanto tempo, minha filha, tanto tempo....

Embargado, disse que tinha voltado lá e que ainda lembrava o nome do padre, Filistino, e que esse padre não tinha notícias da família.

Eu me dei conta até então de que nunca disse para minha filha o nome completo de sua avó. Perplexa, não sabia explicar o motivo dessa ausência, apenas disse a ela que a avó havia morrido e que o avô estava desaparecido. Poucas coisas na vida mexem tanto com a imaginação de uma criança — e também com seus maiores medos — quanto essa palavra: "Como assim, mamãe, desaparecido?", e não haveria mais nada que eu pudesse dizer, porque confessar que eu o procurava desde jovem não seria uma resposta adequada, e, com certeza, ela tentaria me acompanhar em uma aventura, para ela, fantástica.

— Maria, vovô, a mamãe disse que ela se chamava Maria.

— Eh... Maria. Maria...

Olhou para mim e perguntou se Anita já tinha a primeira comunhão. Anita esboçou uma dúvida, como se eu estivesse omitindo algo importante, porque desconhecia esse objeto sobre o qual que o avô perguntara. Fiquei confusa com sua reação, porque ela, afinal, estivera em uma escola religiosa. Estaria ela me cobrando ou provocando, já que o avô de alguma forma valorizava aquilo? Eu neguei sutilmente com a cabeça e ele, surpreso, continuou.

— Sua mãe, quando fez a dela, parecia uma noivinha.

Ele olhou para mim como se quisesse descobrir se era confusão ou verdade o que havia acabado de dizer. Procurava saber se eu também evocava tal lembrança, sem desconfiar de que era uma das memórias mais presentes de minha infância. E contou que depois se fez a seca, explicou o que acontecia na seca e que teve que ir embora para a cidade para arrumar uma ocupação.

— Mas sozinho, vovô?

— Sim, menina, naqueles tempos as coisas eram assim.

— E como foi que o senhor ficou perdido? Quando? O senhor não estava desaparecido?

— Ah, minha filha, isso... é que a gente se desencontrou, e eu não conseguia mais, em lugar nenhum, encontrar sua mãe e sua avó.

Senti-me mal ao ouvir a história do coronel, que eu ignorava completamente, dando-me conta de que não conseguiria jamais lembrar se papai ficava fora de casa durante o dia. Acho que ele saía, mas associava isso ao trabalho no sítio, não a uma fazenda em que trabalhasse. Minha mãe nunca comentara sobre isso. Duvidei de mim, duvidei da memória do homem e de coisas que eu preferi não pensar naquele instante em que ele finalmente sentia-se em um lar, e sabe-se lá por onde andara o velho por tantos anos dissipando lembranças.

Continuei adiando o enfrentamento sobre a verdade do homem que parecia ser meu pai. Tinha que tirar Otávio de vez da minha insônia, tinha que decidir se tentaria algo com Caio, que agora eu revia constantemente, e também tinha que decidir onde faria o pós-doutorado.

vinte e cinco

Acontecia comigo o contrário daquilo que geralmente ocorria diante do abandono. O inverso das mulheres que enfrentaram o sofrimento, a desilusão, a renúncia e a solidão para então se libertarem. Porque, se antes eu era livre, agora me aprisionava e afundava como se precisasse disso. Eu era cética demais, desconfiada demais, autossuficiente demais para procurar ajuda dos amigos ou amparo profissional.

Disse um escritor inglês que "acabamos por nos acostumar com o ritmo imposto pela nossa necessidade de subsistência; em pouco tempo, passamos a gostar de nossas amarras". Ele não aplicava a frase a uma relação amorosa, mas era dessa forma que eu parecia me comportar em relação a Otávio.

Será que uma mulher livre e independente estaria condenada a cumprir um papel estereotipado e se entregar ao sofrimento? Como eu poderia entrar, como se fosse inevitável, em um pântano, consciente de que era no pântano mesmo que eu me afundava? Onde estaria o resto de minha dignidade e da minha inteligência? Eu me perguntava, mas nem a mim convencia, porque eu só fazia afundar.

Talvez, em parte, por causa do tempo em que vivi. Entre mulheres dominadas e jovens independentes. Entre minha infância e minha formação. Porque esse tempo foi pródigo, e mesmo entre as mulheres livres, havia paradoxos. Lado a lado, em um novelo contraditório, a revolução sexual convivia com um tipo de lirismo feito das entregas profundas. A liberdade da mulher implicava também a liberdade de se entregar com paixão — sim, e os homens também: ó pedaço de mim. Em reação ao mundo fechado, às injustiças e ao ódio, uma forma de oposição aconteceu também por meio do encantamento amoroso. Mar e lua. As mulheres livres descobriram que também se apaixonavam, com o risco e o perigo que acompanham esse tipo de paixão e separação intensos demais.

Não somos imunes ao tempo em que vivemos. Caí na armadilha de me julgar tão forte que pensei que jamais um cheiro esquecido no travesseiro me incomodaria. Seria impossível que a ausência de um vulto pudesse representar metades arrancadas de mim. Para quem gosta das músicas daquela época, é necessário, por piedade de nossas fraquezas, entender que elas foram compostas quando éramos jovens e acreditávamos nisso. Foram feitas por nós e para nós.

Eu me dei conta do travesseiro, do cheiro, da falta. E me vicici nesse tipo de masmorra.

Não conseguia deixar de me atormentar, e uma fixação sádica me fazia a todo momento pensar em Márcia e Otávio. Eu a imaginava nua, comparava-me a ela, procurava entender o que tinha de especial, de que parte de seu corpo emanaria o poder que tinha sobre Otávio e que me fazia sentir fraca, ausente e incompleta, como se parte do meu corpo não estivesse onde estivera antes de ele partir e fosse essa falha a responsável pelo abandono.

Sentia uma ausência de mim mesma que não conseguia explicar, e que inevitavelmente me levava a imaginar o que Otávio estaria fazendo — e como estaria — naquele exato momento em que eu me desmerecia. Se ele era feliz, se estaria transando ou exibindo aquele sorriso que deveria ser só meu. Eu deveria racionalizar e dar vazão ao ódio, pensar unicamente nele e na torpeza — ainda que não tenha sido torpeza; afinal, eu ajudara a esvaziar o casamento — de abandonar uma relação. Mas, pensando assim — que fora uma torpeza —, talvez eu saísse mais rápido dessa mutilação que me atormentava.

Talvez a nossa fraqueza seja destinar a nós mesmas a humilhação de que somos vítimas. E eu aceitava me vitimizar, lutando contra a única coisa que poderia me libertar: o ódio. Deveria dar vazão ao ódio — justo ou não —, ao ódio franco que devemos sentir quando somente ele pode dar um motivo para seguir em frente e que faça calar as perguntas que, sabemos, não serão respondidas.

Eu sabia disso, mas não conseguia interromper o delírio de sonhar acordada e ver, como se fosse na minha frente, os contornos e o rosto da mulher poderosa que tinha Otávio nos momentos em que eu não mais podia tê-lo para mim.

Alimentava a angústia imaginando as conversas casuais, as mãos dadas, o abraço, os beijos, e era esse o detalhe que mais me apequenava; como ela o beijaria e o que podia haver de especial no beijo dela. E onde eu havia faltado.

Essa cegueira estúpida me levou a fazer o que eu podia fazer de pior contra mim mesma. Foi na universidade, quando fiquei sabendo que o meu antigo professor e amante, que eu havia desprezado quando voltara do exílio, estaria por ali.

O ódio não é necessariamente vingativo, mas a autocomiseração geralmente nos leva a cometer atrocidades contra nós mesmas. Então, simulei uma coincidência para encontrar o professor pelos corredores, e fingi surpresa ao vê-lo. Um sorriso meu bastou para que ele voltasse a se insinuar, como se não houvesse acontecido o dia em que, voltando do exílio, ele tentara me levar para a cama e eu o desprezara porque sabia que mais tarde ele choraria como um bebê e me chamaria de mamãe.

Dessa vez, ele parecia mais confiante, não só porque era secretário do governo estadual e sua cotação política estava se elevando, mas porque parecia realmente mais seguro, como homem. Ou era eu quem estava um trapo emocional e já não sacava mais nada dos outros.

Sentindo pena de mim mesma, concordei quando ele me chamou para jantar em um encontro de conversas fúteis em que ele se gabava de ter sido um prócer contra a ditadura, coisa que era uma mentira e cujo exílio não foi bem explicado. Porém, com os anos, ele desenvolvera certa elegância — novidade nele, e talvez isso servisse para cativar mulheres distraídas — e procurava passar a impressão de que era um super-homem experiente.

Deixei-me levar para um motel, sabendo que minha passividade serviria, ao fim, para reforçar o desprezo que sentia de mim mesma. Durante o jantar e no carro, enquanto ele dirigia e falava querendo convencer a si mesmo de seu heroísmo, me bolinando por baixo da saia, afastando minha calcinha com o polegar e abrindo espaço para os outros dedos, ele falava do exílio e das bravatas na Europa, como se o bolinar e a fala fossem coisas dissociadas; seus dedos falavam algo que sua boca negava, e eu cheguei a acreditar que ele tivesse amadurecido de verdade e que eu teria uma experiência que valeria a pena, nem me dando conta de que naquele momento eu estava fazendo o papel de amante, porque ele continuava casado.

Quando nos despimos, contudo, ele já não tinha como sustentar o assunto da resistência e do exílio. Nus, outro tipo de verdade teria que ser revelada. Percebi que ele suava, que as comissuras dos lábios curvavam-se como as de um menino à beira do choro, e, mesmo depois de tanta bolinação, que, pela primeira vez desde Otávio, me deixara em um estado de interesse em suspensão, o seu membro murcho revelava que ele era o mesmo tipo de homem que eu havia conhecido, e não haveria no mundo remédio para sua letargia a não ser segurar sua cabeça em meu colo, afagar seus ralos cabelos e beijar enojada a calva sardenta, esperando que, pelo menos, para uma foda ele viesse a servir.

Já desenganada, recusei-me a seguir esse ritual, que era o único que poderia funcionar com ele, e decidi que não seguraria sua cabeça, não faria os afagos nem ouviria lamúrias. Seria humilhante demais, por pior que me sentisse. Então comecei a masturbá-lo, mesmo desconfiando de que isso só ressaltaria sua impotência. Porém, o sentimento de inaptidão que a ausência de Otávio provocava em mim, que me levava a acreditar que eu não era minimamente desejável, me fazia insistir para provar, desesperada, que eu ainda poderia excitar alguém, ainda que fosse um homem como aquele, que se revelava um trapo.

Eu me sentia inteiramente inútil, a começar pelas mãos, que eu revezava mecanicamente nos toques no pênis frio e encolhido. Eu olhava nos olhos do professor, que começavam a marejar, e, querendo evitar uma cena, tentei beijá-lo para que ele nada falasse, para que não piorasse ainda mais aquele encontro de afogados sentimentais, porque eu queria, pelo menos, sentir algo dentro de mim, o que parecia impossível.

Levantei-me, disfarçando o fracasso dele, e disse que a noite ficaria mais interessante se tomássemos alguma coisa. Pedi duas caipirinhas e uma garrafa de vinho, e fiz de conta que a noite estava começando naquele momento, voltando a falar sobre política da universidade, novos autores e qualquer besteira que o distraísse, não dando espaço para que ele começasse suas lamúrias de filho abandonado e macho ferido.

Fiz com que bebêssemos rapidamente, quase de um gole, e enquanto bebíamos fazia ele beijar meus seios, e o tocava, e ele sempre inerte, porém em um estado menos vexatório que o completo encolhimento. Havia cerveja no frigobar, que bebemos na sequência, e ficamos embriagados — ele parecia um homem menos terrível nesse estado —, mas não o suficiente para que ele me desse o que eu queria naquela noite.

Eu já nem pensava nele enquanto professor, ex-amante etc. Para mim havia um homem e um pênis, um independente do outro. Apenas queria que ele cumprisse o papel que eu determinara. Eu tinha que ser capaz de alguma coisa. Também não me assombravam a onipresença de Márcia e Otávio no meu imaginário; estava bêbada e concentrada. Tentava e tentava, e coloquei o membro dele inteiro em minha boca, e ele, bêbado e já sem saber o que fazia ali, demonstrava alguma vontade, mas não em rigidez suficiente para que me penetrasse, e foi somente quando quase cochilou e deixou de se esforçar que surtiu algum efeito. Conduzi o professor para onde eu queria e o cavalguei, bêbado, por meia hora. Até que estava bom para mim, então ele dormiu de vez e saí sozinha do motel pedindo um táxi.

vinte e seis

Eu achava que nada era para sempre. Caso admitisse concessões, talvez não tivesse passado pelo que passei quando Otávio foi embora, sofrendo e esperando a reconciliação. Porém, sem essa certeza que eu tinha desde criança, talvez tivesse desistido de encontrar meu pai. Afinal, foi negando o nunca que eu tive energia para realizar uma procura tão determinada e por tantos anos, ainda que a conclusão tivesse uma dose de dúvida.

Era hora de ceder em relação a certos radicalismos. Teria que aprender a lidar melhor com as perdas, admitir fracassos e encarar que certas coisas talvez fossem realmente para sempre. Precisava disso para superar a mania de tentar a qualquer custo obter os resultados vãos das coisas irremediáveis.

Sete meses haviam se passado desde que Otávio partira. Encontramos nosso ritmo, eu, Anita e o homem com o nome do meu pai. Eu estava muito bem com Anita, e ela comigo. As indecisões da carreira, a falta de libido, as despesas que teriam que caber na nova realidade, a cama vazia, a transa ruim com o professor, a política e as transformações do mundo, tudo isso fazia com que aos poucos eu fosse me sentindo melhor. Tinha minhas recaídas em relação a Otávio, mas descobri que os amigos estavam por perto. Sempre estão, por mais que a gente não perceba e não conte com isso. Agora sei. E, de todos eles, uma amizade impossível de definir pela importância imensa foi a de Caio. Saíamos muito, na maioria das vezes, com Anita, que não entendia o papel daquele homem, mas aqueles eram, ela sabia, os momentos em que eu ria.

Frágil, acabei aceitando o estigma de mulher fria, que servira de pretexto e de alívio na consciência de Otávio para que ele pudesse comer sua ninfeta. Esse pensamento vingativo me fortalecia, mas as sequelas, de me sentir alijada do carinho humano, me fizeram sentir egoísta quando meus amigos me acolheram tão bem. Eu me achava incapaz de agir da mesma forma se um deles sofresse, e me julgava distante e incapaz de confortá-los, se precisassem.

Dessa vez não me importei com o tom de irmão mais velho que Caio usou quando me alertou para não recair, para me afastar definitivamente de Otávio. Ele viu no que eu havia me transformado depois que Otávio foi embora. E eu concordei com ele.

Mas hoje levantei com asco. Como se o cheiro que saísse da minha boca fosse de urina de gato, de coisa embolorada. Como se as palavras que saíssem dos meus lábios fossem só amargor.

Não havia mais nada em casa que pertencesse a ele, eu tinha certeza disso.

E ele apareceu querendo encontrar um manual de medicina. E eu o conhecia tão bem que sabia que era mentira. Ele disfarçou por cinco minutos em busca do livro e se convidou para uma bebida. E eu, que o conhecia, sabia que estava aflito. Conversamos sobre amenidades como se sete meses tivessem sido sete dias. E bebi com ele porque o conhecia tão bem. E ele, alterado, confessou-se fracassado na relação com Márcia. E eu, que então o odiava, o vi vulnerável de forma sincera, porque eu o conhecia bem. Ele fez um longo silêncio com os olhos, que eu tão bem conhecia. E imaginei que tudo pudesse ter sido um mal-entendido, e se seria verdade que o perdão a tudo perdoava. E ele nada mais disse, sorriu como no dia em que o conheci e me beijou.

Enquanto ele me beijava, fiquei excitada, alimentando a fantasia de uma transa incrível, me imaginando no papel de amante, despudorada, vingativa, sedutora, poderosa, valiosa e única. O poder mítico da mulher e de sua vagina, que submete irremediavelmente o homem que ousa penetrá-la.

Enquanto ele me despia, caí na realidade, e o lampejo de tesão foi substituído por medo, um descompasso entre o que poderia ser e o que estava sendo. Eu assistia à cena como uma terceira pessoa — estava um pouco bêbada, mas não era isso. Tudo rodava, e não era a mim que ele tocava — ainda que julgasse ser sincero —, mas sentia que era Márcia quem ele despia; era como se eu estivesse ali por engano, na pele de outra pessoa. Como se não tivesse noção do que estava acontecendo. Eu me dei conta da besteira de ter cedido, porque estava quase pronta para seguir adiante.

Eu poderia parar tudo, mas minha queda foi instantânea. Agi como em um filme, em que o casal rasga as roupas e mal respira na ânsia da transa. Era fingimento, não era o que deveria acontecer, eu pensava, enquanto partia para cima dele, com ânsia, puxando-o com força e abrindo a fivela do cinto.

Sentindo-me como uma boneca de pano movida por um titeriteiro que não sabe direito o que faz, eu me despi e me precipitei em arrancar sua calça e colocar seu membro em minha boca. Ele, talvez percebendo o meu descompasso e meus tremores ridículos de adolescente, tomou conta da situação, me deitou e veio por cima, tirando a camisa ao mesmo tempo em que forçosamente encontrava o caminho.

Eu devia estar tão seca quanto me sentia, e, aos poucos, ele se acomodou, e eu me odeio por ter fingido desastradamente, por ter simulado desejo quando tudo o que eu procurava era ver seus olhos, mas enquanto ele avançava e ditava o ritmo, minhas ancas estáticas, ele estava de olhos fechados, e eu não conseguia pensar em outra coisa senão em como seria Márcia na cama, e me enchi de ódio feito de inveja, sentindo-me uma mulher insignificante, pequena diante da deusa do sexo que deveria — certamente — ser a outra na cama. Eu contava com a esperança incerta de que, sendo nada, poderia ainda ser algo para ele, e quem sabe ali, dentro do meu corpo, ele encontrasse um prazer absoluto, que me amasse e gozasse como nunca.

Meus olhos deviam ser os olhos arregalados de quem procura algo que não está lá, pois quando ele finalmente abriu os dele, me vi perscrutando-o sem prazer. Deu a impressão de ter tomado um susto, porque eu não era nem de longe a mulher que ele conhecera, e tentei nessa hora fingir prazer, inclinando a cabeça para o lado e fechando os olhos, e percebi que ele aumentou o ritmo para terminar logo.

Então ele se virou de lado e sorriu seu sorriso do primeiro encontro no restaurante, e seus olhos se fixaram nos meus, e eu, objeto consumido, parecia deixar claro o que queria perguntar, algo estúpido, do tipo "Foi bom para você?", uma pergunta do fundo do poço de tudo que eu abominava em uma mulher, mas foi pior; chorei. Primeiro, lágrimas silenciosas, enquanto ainda podia me controlar. Depois, vencido o disfarce que eu não conseguia mais sustentar, perdi o controle da respiração, e sufocava entre soluços de criança desesperada. Sentia que, com toda a força que tinha — ou que julgava ter —, não conseguiria me erguer e sair de onde estava: um poço de paredes ásperas e cortantes, cujo fundo era a cova do que eu representava para mim mesma, minha história e minha vida. Eu queria sentir o ódio que já tinha sentido, longe dele; queria sentir o ódio profundo, que era a única coisa que poderia me libertar. Mas não consegui, com ele nu, como se fosse meu, deitado ao meu lado.

Como se pressentisse a pergunta infame que estava entalada e que ao mesmo tempo era a confissão de minha anulação, ele disse que "foi bom, muito bom" e me afagou enquanto eu chorava. E foi o pior que poderia ter feito. Porque comprovava a pior das violações, aquela que eu fazia a mim mesma.

O homem que havia me proporcionado as melhores transas de minha vida acabava de me dar a pior delas.

Depois que ele se foi, me senti ridícula e torpe. Tinha vergonha de que chegasse o dia seguinte. Achava que, ao sair para a rua logo cedo, uma marca indelével estaria grudada em minha pele, como uma tatuagem na testa, e todos logo saberiam o que acontecera. Era pior do que a sensação de sexo ruim ou escondido. Era o sexo arrependido. Eu me sentiria fraca e traída por mim mesma, e não conseguiria disfarçar. Não desconfiava, naquele momento, breve, de quanto foi importante ter reencontrado Otávio. Porque percebi que era fútil minha ânsia de tentar consertar o que já estava destruído. Poderia ter passado sem essa, mas, afinal, percebi que jamais daria certo novamente com Otávio.

À noite, ao caminhar pelo campus em direção ao estacionamento, já não me sentia dessa forma, e o amargor na boca se dissipara bastante.

Alguns dias depois, ele telefonou e sugeriu um novo encontro. Sua voz soava como a de um estranho ou de alguém com quem perdemos contato por décadas. Era uma conversa mole que me deu a impressão de que o que ele queria mesmo era sacanagem. Só isso.

Foi quando me senti iluminada, como se tudo ao meu redor estivesse radiante e a clareza me fosse devolvida em uma enxurrada. O que eu deixara subtrair pouco a pouco durante meses, naquele momento, me era devolvido na totalidade. E eu respondi, sem alterar a voz, mas com lucidez infinita, como quem se alivia de um afogamento:

— Vai tomar no cu!

Novamente, eu era eu.

vinte e sete

A nossa relação era tão natural, e ele sempre foi tão presente, que eu não me dava conta de que Caio estivera por perto em todos os momentos importantes de minha vida.

Quando eu estava para casar, ele morava com uma namorada. Levou-a para casa dois meses antes e rompeu com ela dois meses depois que me casei. Não fui capaz de perceber a falsa coincidência, ou fui muito egoísta para isso.

Estava louca por Otávio, mas muito desconfortável ao pensar na formalidade do casamento e no que isso representava em relação às minhas convicções. Geralmente a obsessão pelo casamento originava-se no lado feminino, e eu, que não fazia a menor questão, não entendia o motivo pelo qual Otávio insistia tanto. Eu queria ficar com ele, e preferia que fosse do jeito que estávamos, como se o ponto de equilíbrio pudesse ser quebrado com tal mudança nos rumos.

Mas o homem que eu havia escolhido tinha origens e convicções diferentes das minhas. Mesmo assim, me embrulhava o estômago pensar no assunto, como se eu estivesse a um passo de fazer concessões caras demais, e, principalmente, acreditava que o para sempre era algo muito próximo do nunca mais. Coisas em que eu não acreditava e, por mais que um casamento pudesse ser desfeito, poderia criar tênues amarras que me deixariam desconfortável.

Afinal, eu entendia que a minha própria história era a negação de que as coisas deveriam ser definitivas, ou o destino, irremediável. Lembrei da viagem a Brasília, diante do quadro, em que riram de mim quando disse que era migrante, e me dei conta da extrema raridade das coisas que eu havia feito, considerando de onde parti e aonde cheguei, em um tempo em que isso era de uma improbabilidade extrema.

Porque, se eu pensasse diferente e aceitasse as coisas preconcebidas ou o tal do destino que nossa posição social procura nos empurrar, eu teria desistido de tudo e enfiado a viola no saco lá na periferia, porque diziam que a gente jamais entraria em uma universidade pública. E, ainda assim, uma vez dentro da universidade pública, diziam que os de minha condição econômica não iriam tão longe assim; deveriam se contentar com a graduação; o que já seria uma vitória. Eu nunca aceitei, e, às vezes, nem me dou conta de que consegui elaborar uma tese inovadora que me valeu tanto reconhecimento.

Ao contrário, eu atropelava acintosamente as profecias autorrealizáveis determinadas por minha origem. Tudo isso era muito valioso para mim, porque eu sabia o quanto fora difícil, e não desejava, com uma relação institucionalizada, comprometer minhas perspectivas. O casamento não estava em meus planos naquele momento.

Caio me fazia bem, sua companhia me fazia bem, ele me dava uma sensação de paz. Durante as tardes que passávamos juntos, eu relaxava e sentia que não precisava me preocupar se estaria fazendo uma burrada ou cumprindo uma etapa da vida.

Encontrava-o quase diariamente. Em nenhum momento Caio apelou para uma desculpa e deixou de me encontrar quando eu o convidava para almoçar, passear à tarde pelo campus ou ir ao cinema. Quando não telefonava, porque estava muito em cima da hora — e me arrependia por não ter ligado, porque não tinha o que fazer em casa durante a tarde —, ele, como se adivinhasse, aparecia por lá.

Raramente comentei sobre o casamento, porque sabia que ele não era a pessoa certa para expor minhas dúvidas. Mas não havia mais ninguém com quem eu pudesse desabafar. Havia minhas amigas, mas, primeiro, elas não morriam de simpatia por Otávio — ele não era de nossa espécie —, e, segundo, casamento era algo fora de propósito para elas.

Caio sabia muito bem das dúvidas que me rondavam, e que era esse o motivo que me levara a procurá-lo tanto naqueles dias. Quanto a isso, ele jamais falou contra. Nem a favor. Dizia que eu tinha que fazer o que tinha que fazer, uma resposta irônica e que seria cretina se não fosse ele a responder. Disse que eu havia provocado, com esse convívio intenso, um fenômeno literário: tinha deixado de ser a mulher da vida dele para ser a vida dele. Depois emendou, concluindo que estava fazendo o papel de babá. Disse isso uma única vez e se fechou depois, como se tivesse falado o que sentia, mas não devia.

Acho que o explorei nessa época, porque, embora o tratasse como amigo — e era extraordinariamente querido —, não perguntei como ele se sentia em relação a mim. Sabia que, se perguntasse, a resposta seria perigosa — não para mim; para ele —, e isso eu não queria. Estava muito ligada a Otávio para me enfiar em outra relação. Também não pretendia magoar Caio nem alimentar esperanças de reaproximação.

No dia do casamento, no cartório, havia cerca de quinze pessoas. Caio, durante a breve cerimônia, estava em um canto à meia-luz. A mãe de Otávio não disfarçava o rancor de saber que o cartório era o lugar mais próximo da igreja no qual ela me veria. Para ceder um pouco e demonstrar boa-fé, concordei com a festa na casa dos pais dele. Um horror. A mãe a todo momento lembrava as festanças e as igrejas decoradas para os casamentos do resto da família. E do resto da humanidade decente. Caio não foi.

Eu e Caio nos afastamos. No entanto, era sempre como se fosse ontem quando aconteciam os raros reencontros. Quando nasceu Anita, ele não foi ao hospital. Quando rejeitei minha filha e estava prostrada na cama, Clarinha foi uma das únicas que apareceu, em nome dos demais amigos, para tentar me dar uma força. Caio também. Como se adivinhasse o que eu estava passando, ele se aproximou da cama, segurou minhas mãos, mas, de alguma forma, entendeu que sua presença não ajudaria, porque aquele assunto, o de maternidade, era delicado — ainda era — para nós dois. Foi embora rapidamente, e eu, sinceramente, fiquei aliviada. Otávio sabia da relação que eu tivera com Caio e costumava desviar os olhos do livro na estante, sem muita simpatia por ele. Mas não contei que foi com Caio que fiz o aborto. Era muito pessoal, muito íntimo; além disso, se soubesse desse detalhe, Otávio poderia adotar uma postura agressiva — até então ele era apenas hostil — com Caio.

A amizade continuou pelos anos seguintes, às vezes mais, às vezes menos. A depender do tempo, da rotina e da viagem que Caio fez quando passou seis meses fora. Houve um momento, bem antes da crise com Otávio, e sem que tenha acontecido nada especial, em que eu quis Caio novamente.

Seu novo apartamento era elegantemente despojado, com alguns vazios em torno. Era a cara do dono. Ele vivia bem e não ligava muito para encher a casa de badulaques, a não ser os livros. Desde que passara a viver como escritor, levava a vida tranquilamente, salvo os momentos de enfrentamento das angustiantes batalhas com as palavras, mas sobrevivia a essas fases e lançava livro após livro.

A primeira vez que vi um videocassete foi em sua sala. Enquanto terminávamos uma garrafa de vinho, ele me mostrava a gravação de uma entrevista que havia concedido a uma emissora de TV. Lado a lado no sofá, de frente para a TV, ele silenciou quando colei minha coxa na dele. Eu vestia uma saia. A voz dele falando na TV sobre seus autores prediletos, uma voz empolgada que fazia eco pela sala, falava sozinha quando me aproximei e o beijei.

Ele vacilou por alguns instantes, como se calculasse o preço sentimental que pagaria ao deixar que acontecesse o que estava para acontecer, pensando, principalmente, nele. Até que finalmente cedeu.

Como eu era quem tinha menos a perder — só percebi depois —, beijava-o loucamente, aguardando o momento do clímax, do estalo, e me esfregava nele e deixava a saia subir acima das coxas. Então aconteceu que, ao mesmo tempo, como um sentimento simultâneo que gêmeos dizem sentir, paramos.

É que parecíamos irmãos. A amizade tinha ido longe demais, e o estalo não veio. E tomamos outra garrafa e não precisamos mais falar sobre o que tinha acontecido. Era claro e simples o suficiente.

Depois que Otávio partiu, Caio entrou definitivamente em nossa vida. Aguentou os meses de penúria que passei sem exigir nada além de estar ao meu lado. Foi ele quem expressou uma solidão incontida em sua seriedade decepcionada quando contei sobre o sexo feito de autoflagelação com meu ex-professor. Foi ele quem, quando estava me recuperando, me alertou sobre o perigo de uma recaída com Otávio. Mas enganou-se. A recaída, que durou uma noite, foi o fim de um ciclo e a certeza de que eu precisava para entender que estava sendo ridícula e sofrendo por algo perdido.

Às vezes, eu não perdia ocasiões para aporrinhá-lo, testando os limites de sua paciência, desejando, talvez, afastá-lo de mim. Ele saía comigo e com Anita, estava sempre na minha casa, e sem ter muito o que fazer a não ser estar por perto. Às vezes, se metia a ajudar meu pai na cozinha. Meu pai, que mal conhecia Otávio, talvez associasse o divórcio à minha amizade com Caio. Então se mostrou hostil, coisa que Caio fingia não perceber, e com paciência que não era normal e um esforço desproposital — afinal, ele não tinha nenhuma obrigação comigo —, aguentava meus abusos e as provocações de papai; se Caio fosse ansioso, teria tentado algo. Eu queria que ele tentasse. Mas ele não era assim, a noção de tempo para ele devia ser a mesma que acompanhava a longa formação de um romance, no qual a ansiedade para abreviar o final pode arruinar a obra. O tempo dele era diferente do meu. Eu é que deveria, sabia disso, tomar a iniciativa para entender o que o futuro revelaria para nós.

Havia ainda outras coisas que eu passei tempo demais adiando: me confrontar com a verdadeira história do homem que tinha o nome de meu pai, os meus projetos acadêmicos, e, finalmente, tomar uma decisão em relação a Caio. Era hora de colocar tudo em dia.

vinte e oito

Sete meses pareciam o tempo de uma vida inteira; sete séculos em que deixei as coisas por fazer, soneguei aquilo de que mais gostava e descuidei da carreira. Tinha a sensação de que era tarde para retomar o que eu abandonara, como se outro — ou outros, o mundo inteiro, enfim — houvesse ocupado o meu lugar, e eu não poderia mais recuperar o tempo perdido.

Sim, o que passei era algo mais complexo e que não se explicava somente pelo abandono de Otávio. Devia haver recônditos no meu íntimo que precisavam vir à tona, mas por esse caminho, que implicava ajuda de um analista, eu não quis seguir. Na autossuficiência, não me deixei ajudar, fazendo com que a ausência de Otávio fortalecesse esses demônios desconhecidos. A catarse, o jeito como lavei a alma, a última frase que usei com ele como mulher, fez apagar, na velocidade da sentença proferida, o inferno que eu mesma havia criado.

Eu estava a mil, perigosamente a mil, e sentia que havia superado. O que eu tivesse que enfrentar dali para a frente, as tormentas que o futuro me reservava, essas não teriam mais nada a ver com Otávio.

Naquela manhã dei uma aula na qual consegui provocar nos alunos as expressões de transe que poucos mestres conseguem. Em seguida, fiquei três horas abrindo correspondências que se acumulavam havia meses, porque tinha medo. Uma delas continha a tradução do ensaio que eu fizera, dois anos antes, em que resumia os principais aspectos de minha obra. O remetente pedia para que eu revisasse a tradução, fizesse as correções necessárias do idioma e, junto, vinha o termo de autorização para publicação na principal revista americana de sociologia. Eram quatro da tarde quando fui para casa, e os sete meses passados pareciam pertencer a outra pessoa, em outra vida.

Arrumei minha biblioteca, reorganizei os livros e os textos que estiveram durante quatro ou cinco anos no fundo das prateleiras pela ordem em que eu precisaria para finalmente começar o pós--doutorado. Guardei a caixa de papelão com os caminhos até meu pai — refleti que deveria ter feito isso antes, quando o trouxe para casa, para que ele não a visse, mas agora era tarde —, e fomos para uma lanchonete. Tomei um milkshake enorme.

No final daquele dia, já eram onze da noite, assistimos a um filme na sala e coloquei Anita para dormir, animada como havia muito ela não ficava.

Era hora de lidar com o homem que eu levara para casa. Sem medo, precisaria descobrir se eu havia me enganado, e, se fosse o caso, decidir o que fazer, sem titubear, como sempre fiz em minha vida.

Quando voltei do quarto de Anita, ele me esperava para aquele momento.

O homem com o nome de meu pai devia ser mais perspicaz do que eu julgava, porque parecia saber que eu estava pronta para a conversa adiada. Talvez tivesse herdado isso dele. Senti pena, porque ele estava tão quietinho, parecia ainda mais encolhido em sua velhice e me olhava com uma expressão de filhote abandonado.

Foi então que baixei a guarda de minha determinação intransigente, porque entendi que não estava impune pelo sofrimento que passara, meu próprio sofrimento, e que não era perfeita, que tinha que reconhecer os meus excessos e aprender alguma coisa naquele campo da vida que não está nos manuais.

O meu orgulho pragmático, feito de urgência pelas decisões certeiras — porém, nem sempre acertadas —, funcionava na carreira, mas era perigoso nas relações. Eu, que jamais usava o termo relações sentimentais, precisava de uma nova atitude. E precisava rápido, porque talvez somente Caio e minha filha conseguissem suportar essas minhas idiossincrasias. Mas eles agiam assim movidos pela generosidade que vem do amor que se tem por uma pessoa, o tal do amor incondicional — outro termo que eu costumava evitar.

Mas, decidida a adotar o caminho mais difícil, eu não encontrava palavras para dizer àquele homem. As perguntas que pretendia fazer, como rajadas de tiros, tornavam-se impossíveis, porque seriam dolorosas para ele. Eu planejara confrontá-lo e ser direta: perguntar de onde vinha e quem era; ainda que fosse meu pai; ainda que não fosse.

Sentei-me ao seu lado, olhando para a TV, e ele, surpreendentemente, desligou o aparelho e me fitou. Não dava mais para prorrogar e ele mesmo sabia disso. Reuni coragem e, pela primeira vez desde que encontrara aquele homem no asilo, chamei-o de pai.

— Pai, o que foi da sua vida?

— Tem coisas, filha, que eu não consigo mais lembrar.

— Desde quando, pai? O que é que o senhor consegue lembrar e o que é que se tornou dúvida? O senhor lembra de mim?

— O medo que eu tenho é de perder as coisas que ainda lembro, filha. Porque algumas vezes as pessoas me dizem que eu conversei com elas e que contei histórias, mas eu não lembro de ter contado nada. As coisas se embaralham: o que eu lembro de mim e o que eu conto para os outros. É como se eu fosse perdendo aos poucos o que existi.

— Pai, o senhor se lembra do que me disse no asilo? Só o meu pai e ninguém mais poderia saber daquilo. O senhor ouviu de mais alguém aquelas histórias? Um amigo?

— Coisas novas eu lembro, filha, lembro de você no asilo chegando e uma sensação que tive por dentro... lembro que falei do sítio e da cabritinha e que eu voltei para procurar você e sua mãe, mas é difícil pra mim, minha filha, porque se hoje eu lembro que te falei porque faz pouco tempo, no outro dia falha a memória e eu fico confuso e dá medo, filha. Eu lembro o que falei, mas não lembro o que vivi, como se falasse mentira para eu mesmo, e aí... já nem sei por onde me fiar.

— Alguma vez o senhor foi ao médico, papai?

— Não sei.

— E o que fez, pai, o que o senhor fez todos esses anos? Por que o senhor está chorando, pai, por que isso?

— Uma coisa que eu tenho vergonha de você, filha, que foi eu ter conhecido uma mulher depois que voltei e não encontrava mais você nem sua mãe.

— E onde está essa mulher?

— Me largou, filha, foi embora, mas eu não sei se eu era garçom ou se trabalhava ainda com obra, ou se eu já era velho, ou era moço, isso eu não sei. Hoje não sei.

— O senhor se lembra, pai, de quando eu era menina? Do último dia que a gente se viu?

— Eu tava de costas, filha, não queria olhar e não sei como era a cara de vocês naquela hora, mas lembro do batismo; lembro de você de cavalinho pelo rancho quando eu não tinha mais o que trabalhar na roça, e de quando a gente botou a criação dentro de casa de noite ouvindo a onça rondando a casa.

— Onça, pai?

— Ah, filha, melhor nem pensar então, vai ver que isso não aconteceu.

— Conta, pai, quem sabe eu lembro, é importante o senhor lembrar de tudo que conseguir, faz bem para a memória.

— E se for enganação, trapaça da cabeça de velho? Porque como é que uma menina não ia lembrar de uma onça, que piava alto a semana inteira, com vontade de beber o sangue das nossas crias, e você disse, deixa a cabrita fora, e a gente riu, porque não tinha jeito de você se dar bem com a bichinha, mas quando ouviu a onça gritar, ficou com medo e achou bom os bichos todos dentro de casa, que era pouca coisa, filha, cachorro, galinha, cabrita, acho que tinha uma vaca que já tinha morrido, e a gente olhou na brecha da porta e viu, eu e você, a bicha rondando sem pressa, na maciota da pata, rebrilhando a lua que tinha lá fora. Tá vendo, filha? Parece às vezes que foi ontem, e eu lembro, mas depois acontece de eu não lembrar muito.

— A gente tem que conversar mais e conversar sempre, pai, que o senhor vai melhorar dessa impressão.

— Tanto livro, filha, tudo só para você, como é que consegue ler o começo deles, filha? Porque o começo da primeira vez é tão difícil.

— Mas o senhor leu algum livro, pai? Como sabe disso?

— Quando eu era garçom, minha filha, o dono do restaurante disse para a gente fazer o Mobral, eu não lembro se eu já estava velho, e na sala do Mobral tinha um professor que obrigava a gente a ler livro, mas só depois que a gente já sabia ler melhor, e quando o professor mandou, não tinha jeito de passar do começo do livro, é difícil demais. Primeiro, eu não entendia, e depois que começava a entender, eu cansava logo. Então o professor começou a ler junto com a gente, depois, fazia cada um ler um pouco, e a gente tinha que terminar sozinho.

— O senhor lembra que livro era, pai?

— Lembro, e é estranho, porque do livro e das coisas da escola eu não esqueço, mas esqueço, às vezes, o nome e a cara dos professores, e era um livro de Brás Cubas. Até hoje não sei se devia dizer Cubas ou Cubás. Eu tinha esse livro e uns outros, filha, mas a mulher que eu contei que me largou levou tudo embora. Ou acho que eu é quem fui embora da casa e acabei não pegando os livros, e depois da casa da mulher eu não sei se entrei direto no asilo ou se vivi em algum lugar antes. Eu queria saber, filha. Me diz você que é estudada, de que modo eu posso esquecer algumas coisas e outras não. Por que isso?

— O senhor gostou, pai, do livro?

— É triste, filha.

— Por quê, pai?

— Por que é que tem sempre que ser que as pessoas que deveriam estar juntas acabam não estando? Que nem o moço que só na hora de morrer a mulher que ele queria aparecia.

— Sabe o que eu vou fazer, pai? Vou arrumar uns livros para o senhor ler, vai ver sua memória melhora, e é sempre muito bom, pai, ler um livro.

— Tá amanhecendo, filha.

— É sim, pai, hoje o dia demorou muito, mas a noite passou muito rápido.

— Se lembrou da onça, filha?

vinte e nove

Eu não gostava de pensar em gestão de dinheiro: tinha outras prioridades, achava que isso era perda de tempo, não conhecia o assunto e a acumulação era para mim, de certa forma, um tabu. Era péssima, e assim pensando devo ter perdido muito, porque em um país onde a inflação chegou a quase três mil por cento em um ano, aqueles que não aprendiam os macetes de sobrevivência financeira corriam o risco de perder dinheiro. Ou seja, quase todo mundo que vivia de salário.

Por isso, assinei sem ler direito os termos do divórcio, que Otávio me apresentou oito meses depois de sair de casa — um mês depois que eu o mandei tomar no cu. Ele foi de uma economia extrema nos valores da pensão, e eu teria que lidar com isso. O apartamento ficou conosco — era o mínimo —, mas em nome de Anita, com cláusula de incomunicabilidade e usufruto. Somente depois me dei conta e aprendi o que isso significava, mas, pelo menos, em relação à despesa com moradia, estávamos livres. Cabia também a ele, além da pensão, cuidar da educação de Anita até que ela se formasse.

Minha resistência em lidar com dinheiro — achava que o suficiente era o máximo de que precisava — acabou por estabelecer uma ordem natural em casa na qual eu priorizava meu trabalho enquanto Otávio cuidava desse assunto. Sozinha, eu teria que aprender para não errar muito. O salário de professora titular não era ruim, mas ele perdia quase metade do valor de um mês para o outro. Os mais pobres perdiam rios de dinheiro — ou seja, quase tudo —, porque não tinham acesso a serviços bancários. Eu aparecia regularmente no banco e conversava com o gerente, que levou um tempo para explicar o que significava curto prazo e suas amarrações de taxas de liquidez. As aplicações não conseguiam recompor toda a perda, mas ajudavam a esticar o salário. A banca sempre vencia.

Não era mais como antigamente, quando eu não ligaria o mínimo de viver em um quarto e sala, onde pudesse colocar meus livros; agora eu tinha Anita. E também o homem com o nome de meu pai, que não tinha nem aposentadoria. Os meses eram longos, e o poder de compra virava pó a cada dia.

Era como se a insanidade da economia fosse normal, e me impressionava como a rotina condicionava todos, inclusive as crianças. Anita, que tinha dez anos, conquistou, como se fosse um ritual de passagem, o direito de ir sozinha à padaria. No início do mês, ela pedia 30 mil — acho que a moeda era cruzeiro — para a compra de pães, leite e frios. Já no meio do mês, pedia 50 mil e, antes que eu estranhasse, ela de pronto afirmava: "Os preços mudam, mãe". E em breve seriam necessários 100 mil para ir à padaria. O salário-mínimo era uma ficção; qualquer um recebia milhões, mas a grana não resistia ao tempo.

Quem recebia um salário de cinco milhões de cruzeiros via seu poder de compra se reduzir para três milhões depois de trinta dias. Dito de outra maneira: quem precisava de cinco milhões para pagar as contas teria que receber oito milhões no mês seguinte se quisesse manter as contas em dia. Só que os salários nunca subiam na proporção da inflação.

De um dia para o outro, tudo aumentava na padaria, no açougue, nos mercados. Não era raro, nos meses mais críticos, ver uma multidão de trabalhadores indo a pé para o trabalho porque não podia pagar a condução.

Não era nosso caso, lógico, mas não ficamos imunes — ninguém que vivia de salário ficava imune —, e eu não sabia o que fazer quando, poucas semanas depois de receber, precisava do dobro de dinheiro para fazer a compra semanal. Passei a fazer o que os demais faziam. No dia seguinte ao pagamento, corria para o mercado e comprava tudo que podia carregar. Com isso, pouco sobrava para comer fora, para o cinema ou para uma lanchonete com Anita. E eu estava longe de ser a mais prejudicada pela disparada nos preços.

A classe média jogava no mercado financeiro ou estocava carros. Qualquer carro velho subia mais do que a inflação. E quanto mais subia, mais as pessoas compravam, porque carros viraram uma moeda. Um carro zero custava mais do que um apartamento.

Apartamento, aliás, que era uma das maiores armadilhas. Quando alguém dava uma entrada de 20% e financiava o saldo, depois de um ou dois anos desistia de pagar, porque o valor da dívida explodia. A vítima, que mal conseguia pagar as prestações que aumentavam sem parar, descobria que o valor da dívida era mais alto do que o de dois apartamentos juntos. Alguém que conseguisse pagar as prestações até o final descobria que havia pago o valor real de três imóveis, mesmo descontando a inflação. Quem sabia fazer os cálculos, preferia desistir de pagar e deixar o banco tomar o imóvel. Melhor perder um (mesmo que esse um fosse o único imóvel) do que ter que pagar por três. Era um jogo que só ganhava quem podia jogar grande.

Sempre achei uma bobagem o axioma que diz que dinheiro faz dinheiro. Como se duas notas no cio transassem na calada da noite gerando um monte de notinhas de manhã. O que fazia o dinheiro era a transferência de renda, dos assalariados que perdiam 50% do que recebiam, para aqueles que podiam e sabiam operar no overnight, que era uma aplicação financeira que compensava a inflação e ainda dava lucro. Mas não estava disponível para os pequenos.

Enquanto a inflação tornava-se um estado permanente na vida dos pobres e atingia um patamar de 80% em um mês, consolidava-se uma cultura generalizada de especulação, em que a prioridade de todas as atividades econômicas era o giro financeiro e a jogatina com o dinheiro.

Otávio me contou algo que me fez entender um pouco melhor onde o país estava se metendo.

Ele dava plantão em um hospital particular duas vezes por semana, em cirurgias de emergência. O hospital recebia dos clientes o pagamento à vista, ou quase à vista, quando o paciente tinha plano de saúde — o que era raro, porque plano de saúde era coisa de poucos. Imediatamente, o hospital especulava com esse dinheiro, que um mês depois rendia 70%. Todo o recurso disponível do hospital ia para as aplicações nos bancos.

Por outro lado, o hospital pagava todos os fornecedores com prazo de 30 a 45 dias. A jogada de mestre do hospital consistia em deixar para a última semana as negociações de compra de produtos hospitalares e equipamentos, ou seja, um pouco antes que os fornecedores reajustassem os preços.

Na prática, o hospital, recebendo à vista e pagando a prazo, ganhava nos dois lados: ganhava 70% no banco, aplicando o dinheiro, enquanto economizava, evitando o reajuste dos fornecedores no início do mês — ou seja, ganhava mais uns 60%.

Desse jeito, o hospital tinha mais lucro no giro financeiro do que atendendo pacientes. Os verdadeiros mandachuvas nas empresas eram os diretores financeiros. O resto do negócio, ou seja, o negócio em si mesmo, não era tão importante: a prioridade era alimentar o giro da grana.

Todas as empresas faziam isso: era bom demais, dava um lucro enorme, e os investimentos em modernização deixavam de ser realizados.

Os hospitais usavam equipamentos obsoletos e não se modernizavam, as indústrias ficavam defasadas, produzindo com um atraso tecnológico de duas décadas, e todo mundo que tinha muito dinheiro ficava ligado nos índices econômicos e se lixava para uma coisa chamada competitividade ou produtividade. Uma bomba poderosa estava sendo montada para explodir algum dia, e ninguém queria nem saber, porque a festa estava boa.

E eu, que tonta, que achava o assunto besta, passei a conhecer esses termos e suas implicações sociais. Pensar em ciências humanas achando que esse aspecto técnico é besteira foi uma insanidade da minha geração. As ruas se enchiam com a igreja fomentando a campanha da carestia. Lojas eram saqueadas por multidões e as pessoas estavam a um passo de enlouquecer, enquanto a gente só olhava o lado da carestia e da miséria, de forma paternalista e comiserativa, e pouco se interessava pelas causas. De forma simplória, jogávamos tudo no mesmo saco e acusávamos o FMI, quando o pior inimigo estava mesmo era aqui dentro.

Enquanto isso, na outra ponta, milhões de pessoas empobreciam e universitários recém-formados não conseguiam emprego. Não eram só investimentos e modernização que o país perdia, mas também levas e levas de jovens que iam embora para o exterior.

Periodicamente, mudavam a moeda. Quando os preços atingiam cifras de que as calculadoras tradicionais não davam conta, por limitação de casas decimais, trocavam o nome do dinheiro e cortavam três zeros. Um apartamento médio custava um bilhão de cruzeiros. No dia seguinte, já não era cruzeiro, mas cruzeiro real, e o valor do apartamento era um milhão.

Pode parecer uma conta simples essa de cortar três zeros, mas no dia a dia as confusões eram inevitáveis. O salário de um bancário podia ser de sete milhões. Quando mudava a moeda, o salário virava sete mil, e todas as coisas seguiam a mesma lógica.

O problema era que as pessoas estavam acostumadas, por exemplo, a pagar 50.000,00 por um sanduíche. A partir da mudança, agora o sanduíche custaria 50,00. Muita gente, talvez eu mesma, acabava deixando 500,00 em cima da mesa e ia embora com a leve sensação de ter cometido um engano. Ou então pagava-se 5,00. Na hora de consultar o menu, era como estar em um país estrangeiro, fazendo conta de câmbio a todo momento. "Quanto era mesmo o preço do sanduíche antes da mudança? Cinquenta mil ou cinco mil?" Algumas pessoas levavam caderneta com anotações dos preços da moeda antiga, para depois fazer a conversão e pagar com segurança. E então, alguns meses depois, a inflação já tumultuava de novo a noção de preço das coisas...

Pior ainda: as notas da moeda antiga não podiam desaparecer do dia para a noite. Durante meses, em que o Banco Central imprimia freneticamente a nova moeda até a completa substituição da antiga, as duas moedas circulavam em paralelo. Andávamos com notas antigas e novas misturadas na carteira. As novas tinham o valor que estava impresso. Mas, para as antigas, era necessário lembrar que valiam três zeros a menos...

Levava um tempo para se acostumar com o novo padrão até que, dali a alguns anos, outros zeros fossem novamente cortados. Se os zeros não tivessem sido cortados, no meio da década de 1990, um sanduíche estaria custando em torno de cem bilhões de cruzeiros.

Mas foi outro acontecimento o derradeiro para minha geração. O que mais nos transtornou.

Eu me dei conta de sua gravidade e do que aquilo passaria a representar em nosso cotidiano — e também da nossa capacidade de crueldade — ao ler uma manchete de jornal nos primeiros anos em que a doença desembarcou por aqui.

Quando as bancas abriam, logo cedo, costumavam afixar as capas dos principais jornais do dia (algumas bancas tinham vitrines para isso). Nos primeiros horários do dia, dezenas de pessoas se aglomeravam diante das notícias, com especial atenção aos jornais sensacionalistas que vertiam sangue puro.

Saindo de casa, em direção à faculdade, foi que li o título em letras gigantes, visíveis de muito longe, e achei que estava enganada, que não tinha visto direito — não poderia ser —, então desviei o caminho, me misturei aos que liam as manchetes e li, chocada, letra a letra, todas maiúsculas: PESTE GAY.

Na universidade e nos jornais — boa parte dos jornalistas saía dos diversos cursos do campus —, muita gente era gay. Eu me recusava a acreditar que dentro de uma redação de jornal, em uma cidade da importância da nossa, pessoas que eram de esquerda, pessoas esclarecidas, pessoas que saíam de boas faculdades, e os próprios gays, se omitissem em relação a algo tão monstruoso e contribuíssem para a composição daquele título que fitei durante alguns minutos, me convencendo de que era isso mesmo que estava escrito: PESTE GAY.

Pouco depois, foi criado o adjetivo AIDÉTICO, cujo significado passava longe da doença. Aidético era alguém amaldiçoado. Alguém que merecia a doença. Promíscuo, degenerado. Muita gente enchia a boca para proclamar: bem-feito. A maior parte da imprensa contribuía para isso. Era um assunto que vendia. Bastava ser gay, bastava parecer gay; às vezes, bastava odiar alguém e uma das ofensas cotidianas era "aidético". Ainda que o insultado não estivesse contaminado, essa expressão revelava a intolerância que aumentou muito, amparada na circunstância de que a doença atingiu, primeiro, os homens.

E os infelizes que se contaminavam e sofriam de forma excruciante, com o corpo atacado por todos os flancos, rapidamente depauperados enquanto a medicina não encontrava paliativos, eram expulsos pela família, evitados nas multidões, sonegados em um abraço — mesmo por gente esclarecida — e amargavam a solidão dos cachorros abandonados.

Clarinha estava contaminada. Seu companheiro estava contaminado. E não faziam nem ideia de quando havia acontecido. Por isso, foi de surpresa que um resfriado virou pneumonia, a pneumonia acompanhou infecções oportunistas, e o quadro estranhamente persistente levou o médico a prescrever o exame.

Ela ainda tentou dar aulas, mas não aguentou muito. Perdia o fôlego e sentia tonturas constantes. Nossa primeira sensação foi a de impotência. Era uma sentença de morte certa e rápida. O pouco que nós, os amigos, podíamos fazer, era tentar estar sempre por perto. Ajudávamos a limpar o apartamento, preparávamos as comidas que eles podiam comer, levávamos ao hospital, até que tiveram de ficar internados e em pouco tempo já não sabiam mais quem eram e o que estava acontecendo ao redor, até que morreram, em um intervalo de quinze dias um do outro. Assistimos aos dois nos últimos minutos e saímos com medo.

E com ódio. Da doença. E também da forma como eles foram tratados por quase todos os que, pouco tempo antes, deles tinham orgulho e os exibiam como um troféu familiar: pegava bem dizer que eram parentes de professores de uma das universidades mais importantes do mundo.

Eu desconfiava de que teria muitas decepções nos tempos que viriam, paradoxalmente tempos sem ditadura, mas também sem o fervor criativo e sem as utopias que víamos arrebentarem nos rochedos de uma praia besta chamada fim de mundo. Do nosso mundo. É sempre assim, é fato, desde sempre, mas com a gente foi um pouco pior.

trinta

Os otimistas achavam que tudo seria diferente; sem a ditadura, o tempo das transformações havia chegado e era hora de construir um grande país. Eu não. Detendo-me nos detalhes que outros consideravam besteira e nas entrelinhas, tortas, eu não conseguia prenunciar tempos melhores. O mais valioso e necessário, a democracia, era apenas o princípio, mas esta já começava contaminada por vícios antigos.

Os meses passavam em sucessões de descaminhos que poderiam, lógico, ser superados. Mas neles era que eu me detinha, desconfiada. Não podia ser otimista nem considerar fatos menores o rápido esquecimento do passado, o surgimento de uma nova geração de preconceitos, os novos líderes, os descaminhos da imprensa, que passava a se chamar mídia, a desonestidade intelectual na universidade, enfim, eu via estampado na cara dos novos atores e dirigentes do país que nossos sonhos se tornavam vencidos e infantis e cediam ao cinismo.

Tinha a sensação de que um ódio latente, generalizado e rancoroso estava para eclodir. Algo que estivera oculto em uma gestação longa demais, cozinhando por séculos uma verdade que queríamos negar. Uma contradição de nós mesmos, a ilusão de gentileza descortinada pelo rancor, que, aos poucos, ficava mais forte e mais livre para se expressar. Começou graças à eclosão de pequenas discussões transformadas em grandes espalhafatos e vontade de enfrentar as diferenças na porrada. Na TV, surgiam programas sensacionalistas sobre a violência, e que acabavam por fermentar o desejo por ela.

Enquanto isso, foram silenciados os temas importantes que, acreditávamos, seriam finalmente enfrentados. Contraditoriamente, a liberdade e a democracia recrudesceram o silêncio sobre o aborto, assunto que havia pouco, ainda sob a censura, chegara a ser tema de seriado na TV. As novas lideranças não queriam se expor.

O aborto virava tema proscrito, a liberdade sexual cedia ao tabu, as diferenças voltavam a se acentuar e o preconceito avançava. Ainda ecoava meu desconforto desde que vira a manchete no jornal e a forma como isso construiu o imaginário sobre a aids e a homossexualidade.

Quantos anos ainda, eu me perguntava, seriam necessários para recuperar o estrago provocado pelo oportunismo dos que queriam vender jornais e ganhar audiência, nem que para isso tivessem que transformar os gays em peste, sem se importar em jogar o país inteiro contra eles?

Na universidade, a situação não era melhor. A ciência estava depauperada; o conhecimento, atrasado. A ditadura havia colocado a educação no limbo. Justo quando tínhamos a oportunidade de virar o jogo na universidade — em particular, nas ciências humanas —, percebi que verdadeiros clubes exclusivos haviam se apropriado do poder e nele se aferrado.

Na pressa de tomar conta do país e recuperar o atraso e o tempo perdido, a necessidade cedeu à conveniência. Nomeações e contratações-relâmpago foram realizadas com tal intensidade e com gente que se revelou de uma tal desonestidade intelectual que eu não podia acreditar nem aceitar.

O acesso ao mestrado e ao doutorado, fundamentais para a ciência, era concedido a amigos e amigos dos amigos. Em concursos para contratação de professores, o direcionamento para certos candidatos era vexaminoso. E eu era, em parte, culpada. Porque, em vez de gritar e me unir aos amigos honestos que restavam, priorizei a minha formação e me deixei levar por uma preguiça feita de descrença. Acho que estava cansada das decepções, que eram inversamente proporcionais à ambição desmedida daqueles que tomavam conta dos clubes. A ciência e o debate cediam lugar a feudos hereditários.

Grandes mestres eram tratados como velhos gagás. Carlos Drummond era tratado como gagá.

Eu estava me deixando contaminar pelo rancor. Aquele mesmo que eu temia se generalizar na mentalidade do país.

Eu tinha que dar um tempo, tinha que ir embora.

A começar por mim mesma e a terminar pela profissão que escolhi, não tinha religião alguma que não fosse a fé imanente na capacidade de transformação. Mas isso deveria ser feito aqui no país, eu pensava. Era aqui que eu me sentia obrigada a retribuir: no lugar que me deu universidade pública, bolsas de pesquisa e, finalmente, o salário de professora.

Era aqui também, no meu lugar, que eu conhecia as carências e onde poderia fazer os votos de minha crença, ajudando a fazer alguma coisa, por menor que fosse sua eficácia, longe de me iludir com a transformação do país em um lugar melhor. Mas tudo parecia conspirar contra isso. Mesmo com alguns avanços, eu não os julgava suficientes para dar o braço a torcer: eu enxergava estagnação e piora. De certa forma, eu me atormentava sobre qual posição deveria assumir, afinal, tinha as portas abertas nas melhores universidades, e havia inúmeros países que eu poderia adotar como meus. Eu enfrentava um dilema entre o sentimento da obrigação de ficar e, simultaneamente, o desejo de partir.

Eu iria embora, havia decidido. Naquele preciso momento, estava enjoada e desconfiava de que minha decisão representaria uma ruptura definitiva: ficaria fora para sempre. Talvez fosse atraída de volta, sentisse saudades ou não me ambientasse em outro país. Mas só havia uma maneira de descobrir: sair a tempo, enquanto as decepções não se transformassem em um tipo de rancor profundo que me levasse a não querer mais o meu país. Só assim, quem sabe, eu poderia, no futuro, me reconciliar com minhas origens.

As orações que faziam parte de minha religião imanente eram permeadas por sentimentos contraditórios, assim como o próprio país. Não conseguia concordar com aqueles que diziam que "pátria é o lugar onde estão meus sapatos". Pode ser que fosse uma tacanhice minha ou uma vivência muito limitada mundo afora, mas aqui era o meu lugar. Um lugar onde, em minhas orações de amor e ódio, de esperança e terror, eu ainda conseguia olhar para o torpe sem, contudo, esquecer do sublime, uma balança que, no Brasil, em momento algum está equilibrada entre os maus, os deuses e os bons.

Essa balança em forma de oração estava cheia demais, dura demais. Era feita sobre o extermínio deliberado; sobre os que matam porque gozam com o tombo do corpo, sobre a morte dos meninos, aquele, da Vila Brasilina, morto aos quinze anos por ter beijado uma menina; sobre a torpeza dos que canibalizam a terra e consomem recursos de vida e morte e destroem gerações; sobre a ganância maldita e o saque eternamente perpetrado; sobre os pais que prostituem as filhas de doze anos; a mão calejada de espancar as mulheres e os fracos; a falácia da gentileza que se alimenta de sofrimento; a sucessão de horrores nos baixios da miséria; a dor das mães que perderam seus filhos de quinze anos, dor mal carpida, pois há a esperança e a urgência de que o resto da prole escape ao destino que cabe aos filhos de quinze anos; a perda de tudo e das pequenas coisas que nos tornam humanos, arrastadas com as enchentes e com os desabamentos; sobre o deserdamento, que é a ausência de futuro; sobre o fim dos poucos liames de solidariedade que, há menos de uma geração, eu vi entre os que se retiravam; sobre o mito destroçado da bondade, que a cada madrugada entregava nas valas corpos como nenhum outro país no mundo; a decadência da educação, vítima de lunáticos ambiciosos. E, acima de tudo, a minha maldita clareza de enxergar o mundo com essas cores e minha pouca fé, que virava fumaça enquanto o país avançava no sentido inverso da civilização.

Mas também pesavam nessa balança sentimentos de outro tipo, como orgulho e encantamento. Havia também sorrisos francos no intervalo das desgraças; havia maravilhas que eram capazes de fertilizar a terra arrasada; havia o poeta que nos lembrava da menininha de vermelho de quem nos cumpria tomar conta; havia os assombros da caatinga na brevidade das Djaniras que floriam; havia o maestro que revelou como soava a voz de Deus; havia o rei negro que de um jogo fez arte; havia a fecundidade que desceu o morro para inseminar as músicas mais belas que já foram feitas; havia os heróis mancos da floresta escura, os sonhadores e os irreverentes que povoaram a literatura de pasmo, as travessias, as esquinas e encruzilhadas, o sangue na poesia, o sentimentalismo latino a revelar a alma dos canalhas; havia o mar, o mar, origem e fim, e era na direção dele que eu me preparava para partir, carregando também essas admirações impossíveis de esquecer.

Porém, nessa balança de tão difícil equilíbrio, percebi que estava me contaminando pelo que era torpe. O lado divino não era suficiente para aplacar o desencanto. Eu tinha que dar um tempo, tinha que ir embora. Quando, ainda não sabia. Mas a decisão estava tomada.

trinta e um

Posterguei. Há dias em que acordamos melhor, escondemos melhor, esquecemos um pouco mais, anuímos, perdoamos, imputamos exagero no que há pouco era certeza, no amor, na vida, nos sentimentos, da mesma forma como muitas vezes aplacamos o rancor da discussão na véspera através do sentimento de que podemos superar. Ou então era o medo de encarar um desafio que me intimidava. O fato é que, apesar do desencanto, decidi fazer o pós-doutorado por aqui mesmo. Era certo que eu perderia com isso, contudo, essa etapa na carreira pode ser repetida mais de uma vez. O meu prejuízo consistia no fato de que o tempo passava e o Brasil não era o lugar onde o topo da carreira terminava. Para quem quisesse atingir a excelência, tinha que dar esse passo lá fora. Refleti que as oportunidades que eu tinha no exterior não deixariam de existir se eu ficasse ainda por dois ou três anos. É que, além de tudo, eu não estava sozinha.

Anita, com quase onze anos, teria que abrir mão das amigas, da escola e da rotina. Havia o pai dela, com quem eu não me importava nem um pouco; mas eu teria que ouvi-la a respeito disso. Não achava justo, nessa idade e nesse momento, tirá-la de sua rotina.

Havia meu pai. Como poderia me virar com um idoso, com os custos no exterior mais altos do que aqui? E se ele precisasse usar a saúde pública, teria esse direito? Eu não havia pesquisado esses detalhes.

Havia Caio, que estava bom como tinha que ser. Ele na casa dele e eu, na minha. Disse-me que toparia ir comigo. Minto: disse que, com certeza, iria comigo. Mas como seria no exterior, vivendo juntos? Aguentaríamos? Eu aguentaria?

Havia também medo, por que não? Eu era brilhante nos trópicos e minha pesquisa era respeitada, mas, em comparação com o que se fazia no exterior, parecia pouco. Eu havia estado lá e sabia do grau de preparo de seus pesquisadores, que desde cedo contavam com estruturas, verbas e um ensino muito melhor que o nosso. Não seria fácil.

Assim, acabei ficando, e o pós-doutorado, que era para durar três ou quatro anos, eu abreviei para um ano e meio, longe de dar o meu melhor, e, mesmo assim, recebi aplausos e um dez. Eu sabia que poderia fazer melhor, mas isso é impossível quando não se tem desafios que nos provoquem à altura. O Brasil não me provocava mais. Prorroguei dessa vez, mas se quisesse continuar me sentindo viva, naquilo que mais me definia como humana, teria que encarar outros ares.

Durante essa breve postergação, não vi melhoras nas coisas que me decepcionavam. Eu tinha a sensação de que, como uma mancha de óleo se espalhando pelo mar, estava cercada e sem saída. Não arredava mais a sensação que tive quando vi a manchete da peste gay: de que o futuro me reservaria desencantos com o país, com as pessoas, com o mundo.

Decepção com aqueles que até ontem eram amigos e que se tornavam estranhos, a ponto de eu não mais reconhecê-los. Pessoas que ocupavam cada vez mais espaços na política.

Nós nos julgávamos especiais, tocados pela centelha divina da pureza dos ideais e com as emoções sempre afloradas pelas músicas insuperáveis que nos enchiam de esperança e ódio. Mas, assim que chegou nossa hora, ficamos atolados nos "contudos". Contudo, ainda não é hora, contudo, é preciso ceder, contudo, é preciso ser pragmático, contudo, a gente precisa aceitar os velhos padrões para depois transformá-los. Parecia distante o tempo em que caberia à nossa geração transformar o país em um lugar decente. Pior que isso: nossa ambição ia além do país, pois, em nosso messianismo, seria nosso destino construir algo inédito; exemplo e inspiração para a humanidade. Um sistema social justo, feito de carnaval e cordialidade.

Arrogantes, não acreditamos que os sinais de alerta servissem também para nós. Indecisos entre o viver e sonhar, fizemos um arremedo de mau gosto e nos sentamos na cadeira. E gostamos. Ficamos preguiçosos; entramos em coma. Dizíamos que a torpeza era coisa dos velhos inimigos e que éramos imunes. Confundimos tudo ao considerar que estávamos calejados de realidade, mas os calos não representavam as ilusões postergadas, e sim as esperanças enterradas.

Contudo, o amanhã, o novo dia que estava destinado a ser bom e belo, chegou rápido, e sabotamos sistematicamente o nosso próprio tempo. Ambição desenfreada, ocaso de princípios. Os que eram nossos heróis, na velocidade de um muxoxo passaram a valsar com antigos coronéis em nosso próprio salão. Parecia que os antigos companheiros não se importariam mais com uma ditadura, desde que fosse a deles.

Quando esses prenúncios se tornaram realidade, eu fazia quarenta anos.

Ao diabo, dessa vez não adiarei nem temerei. Vou para o exterior com tudo o que eu tenho, vou querer o impossível, vou fazer uma livre-docência no continente das ciências humanas. Mais uma vez, vou além do que meus recursos permitem, vou desafiar os deuses das profecias autorrealizáveis. Vou seguir os passos dos gigantes e caminhar onde eles caminharam.

Anita me surpreendeu; disse que queria ir, e que eu já enrolava havia tempo demais a decisão. Tinha feito treze anos. Enganei-me: achei que teria que fazer um enorme esforço para convencê-la, falar dos aspectos positivos, que havia amigas a serem descobertas e que seria bom para todos. Contudo, não precisei usar nenhum argumento para convencê-la. Ela parecia mais decidida que eu. A maior dificuldade que eu previa estava superada.

Meu pai, desde que não adoecesse, se acomodaria.

Caio não se importava. Desde que tivesse um canto para escrever em paz, dizia que qualquer lugar poderia ser seu país.

Encaminhei a proposta para um professor em Paris. Haviam me convidado para o pós-doutorado e eu os desafiei: respondi me apresentando para uma livre-docência. Não sabia como receberiam o pedido; era algo inusitado e inédito. Eu mesma tinha dúvidas sobre meu preparo e refleti que havia exagerado na ousadia.

trinta e dois

Viajei com a impressão de que estava cometendo uma tolice e de que havia sido impulsiva quando decidira arrastar todos para aquele lugar.

Quando cheguei, tive certeza de que fora um erro.

Porque estávamos tão isolados de tudo — embora a estação do ano conferisse uma beleza que eu desconhecia — e, mais do que em outros lugares, mais do que na carência da nossa casinha de fundos onde junto à mamãe nos adaptamos a um mundo novo, eu não conseguia sentir nada que não fosse um desconforto feito da falta de pertencimento.

Não havia ninguém que pudesse segurar a câmera para que os quatro fôssemos fotografados juntos. Mas não era esse tipo de solidão, feita de poucas pessoas, que eu sentia; e sim uma sensação de que não havia nada ali que me dissesse respeito, de que não havia futuro possível, de que eu jamais faria parte do lugar.

Caio tirou a primeira foto: eu, Anita e papai. Esqueci o sorriso protocolar e imaginei que a imagem revelada mostraria que eu não estava gostando de estar ali, mas sim com vontade de terminar logo com a foto e retornar. É que havia muito a fazer pelos próximos dias; arrumar as coisas, cuidar dos detalhes e me preparar para uma batalha de dois a quatro anos em que teria que dar conta de um desafio maior do que eu imaginava. Tentaria a livre-docência. No lugar mais difícil do mundo. Onde estiveram os gigantes.

Foi a minha vez de fotografar. Diante de mim, Caio era Caio. Tranquilo em qualquer lugar. Anita e o avô, contudo, eram de outra feição. Estavam empolgados e, a não ser pelos poucos instantes em que posavam para a foto, conversavam sem parar, apontando coisas e contando histórias um ao outro. Meu pai principalmente. E se eu estava desiludida pela breve viagem, isso não acontecera com eles; que bom.

Treze anos antes eu estivera naquela cidade, assim como nessa mesma época fizera minha primeira viagem ao exterior. O ciclo se repetia, mas com transformações maiores do que poderia imaginar. Pensei na distância entre as duas viagens, em que um homem entrara e outro saíra de minha vida. Pensei em Otávio, senti saudades, desejei-lhe uma morte horrível e senti pena de nós dois e das coisas que não dão certo, dos fracassos e frustrações que parecem omitir tudo que houve de bom.

Eu estava em um lugar onde não sentia o menor pertencimento. Surpreendentemente, Anita e o avô estavam felizes.

Ele demonstrava, como se fosse logo ali em frente, a dimensão e o tamanho das coisas que foram quando eu era pequena. Com as mãos afastadas, mostrava o tamanho e a altura que eu tinha, que a casa tinha, que tinha a cabritinha Malhada.

Anita alternava sorrisos e espanto com olhares na minha direção, incrédula. Porque uma coisa era eu ter contado algumas histórias para ela; outra era ouvi-las de uma testemunha. Detalhes que eu não lembrava ou a que não dava importância, mas que a fascinaram de uma forma que me fez ficar arrependida por não ter eu mesma ter contado com o mesmo empenho que meu pai contava: não sabia que ela se interessaria tanto.

Detalhes como a gente comendo com as mãos a mistura de farinha, água e feijão direto da cuia, e ela me fitava como se isso fosse a maior improbabilidade do universo. Anita ficou ligada ao avô como não ficou a ninguém da família de Otávio, que mantinha uma distância reverencial de mim e de minha filha. E na qual, nos momentos de maior intimidade, o máximo que havia era uns beijinhos nas bochechas da neta e alguns presentes. Não havia entre eles a intimidade feita das histórias contadas.

Ela já tinha feito treze anos e os seios começavam a despontar. Temi que fosse para ela como fora comigo, que ficasse envergonhada do corpo e de si. Mas ela não estava nem aí. Demonstrava mais curiosidade pelo que estava fora dela, e achei que nisso nossas histórias poderiam se assemelhar. Enquanto ouvia, deliciada, as histórias da cabritinha Malhada e das brincadeiras e da vida na roça, revelava instantes de seriedade em que entendia as profundas diferenças e desigualdades que havia no mundo. Embora parecessem idílicos os episódios narrados de uma vida bucólica feita de pequenas alegrias, ela intuía que não era só disso que minha vida e a de papai foram feitas.

Meu pai parecia não se importar tanto com o lugar. Olhava ao redor querendo reconhecer algo familiar, mas era tudo tão diferente que pareceu se resignar. Era dele que eu esperava maiores reações de estranhamento; no entanto, ele se empolgava mesmo era com Anita, para quem ilustrava como as coisas funcionaram um dia, e quando não encontrava as palavras certas para descrever hábitos e objetos tão antigos, ou quando não se fazia entender direito, rabiscava explicações desenhando no chão, e ficaria dias acocorado, indiferente ao que se passava ao lado, desde que tivesse a neta para contar as coisas que pareciam ressuscitar em sua cabeça.

Interrompi porque era hora de continuar. Havia um lugar importante para ir, e dali a uma semana faríamos a outra viagem. Foi por causa daquilo que decidi arrastar todo mundo para lá, e a sensação de engano foi se dissipando conforme eu via o interesse de Anita e o entusiasmo de meu pai. Caio tomava algumas notas, discreto, para que não percebêssemos que ele transformava tudo o que via em literatura. Diante da represa, uma antiga casa se ocultava, e meu pai, com esforço de suas parcas lembranças, submergia das águas para que Anita entendesse como fora aquele tempo do qual éramos sobreviventes.

No carro alugado, a caminho do destino, plantações de frutas se sucediam entre casas que nem em sonho existiam no sertão da minha infância. O cheiro de coisa esturricada dava lugar aos aromas das frutas e respingos das irrigadoras, que transbordavam para a estrada de chão batido e nos presenteavam com a sensação ancestral de sentir através do nariz e da boca a terra molhada e prenhe.

    Anita queria saber, e eu respondia que quase todas aquelas frutas eram exportadas, e para ela parecia que aquele era um mundo bom, verde, bonito, promissor, e ela começou a fazer perguntas sobre quanto se ganhava ali e dizer que deveria ser bom morar de frente para uma represa, onde algumas lanchas passeavam no meio da semana. E eu não quis falar de tudo, evitei o que costumava fazer na universidade, que era expor as contradições e apontar o que estava oculto. Não disse a ela que, não muito longe dali, onde a terra era seca e desolada, embora ainda bela, da beleza própria do sertão, traficantes de maconha não titubeavam em assassinar estranhos que se aproximassem. Não. Nossa viagem não iria tão longe assim. Ela merecia estar encantada, e eu não ia quebrar o sentimento bom, compartilhado por nosso pequeno grupo; nossa pequena família.

    Na igreja, um padre jovem nos encaminhou ao pátio onde o padre velho passava a tarde em uma cadeira de vime. O jovem duvidou de que o velho fosse quem procurávamos, pois não havia praticamente ninguém mais a lembrar-se dele. Recordei quando estivera no asilo e encontrara meu pai, pois lá estava, de forma parecida, sob as sombras de uma gameleira, o padre que era a última testemunha de quando a região foi quase inteira abandonada, o padre que assistiu seu rebanho migrar até o quase completo esvaziamento da terra. O mundo novo, de carros bonitos e gente articulada que circulava na igreja, não lhe dizia respeito. Ruminava o fim de seus dias entre lembranças e a espera do final de seu tempo.

    Era bem mais velho que meu pai, e me dei conta de que papai poderia ter muito tempo ainda. Eu me enganava, portanto, quando decidira fazer a viagem acreditando que talvez fosse a última oportunidade para papai rever o local de suas origens.

A maior parte das perguntas o padre respondia com meneios, sem que ficasse claro se queria dizer sim ou não. Primeiro, quando indagado por papai sobre a época da retirada, negou reconhecê-lo. Perguntei a ele se recordava de quando lá eu estivera, doze anos antes, mas o velho também negou. Então passou a falar de coisas da época, como se estivesse se referindo a outras pessoas, mas era nossa história que contava quando falou da jovem que o procurara para saber do pai desaparecido; o mesmo pai que, por sua vez, anos antes havia se desencontrado da família quando para lá retornara.

Anita, que poucos anos antes havia ficado sabendo de toda a história da família, não entendia por que o padre parecia se referir a outros quando, na verdade, contava exatamente o nosso passado. Ele fazia pausas e depois recuperava casos de outras famílias, de conflitos ancestrais, de disputas, do apaziguamento da terra e do desterro a que foram condenados havia tanto tempo. E que, subitamente, em tão poucos anos, tudo se transformara com tal velocidade que ele preferia se haver com suas memórias, mais interessantes que os tempos presentes, ainda que lhe chegassem tão fragmentadas. Anita parecia confusa, não identificava o que nos dizia respeito e o que não. Para proteger-se do sol cabal, contra o qual a árvore não bastava, o velho padre usava um chapéu de abas largas. Como já não ministrava, não usava batina, e parecia um velho jagunço, cuja última posse eram as lembranças, como se estivesse vivendo de favores e se alimentasse somente porque a igreja o consentia.

Papai perguntou pelo irmão. Entendi que só poderia dizer respeito àquele que nos ajudara, mas nem o padre nem ninguém sabia dele ou dos nomes que papai invocou. Ou do que havia restado da família, de um sobrenome, afinal, que se sobrepunha naquela região.

Quando nos despedimos, o padre velho, despertando das letargias imensas da idade, perguntou: "Ei moça, você não é a menina noivinha da primeira comunhão?". E eu, mais uma vez, rara vez, chorei diante da minha pequena família. Anita riu e ficou feliz de me ver daquele jeito, uma faceta que eu passara a vida tornando recôndita. Nas viagens, ficamos emotivos. E aquela era uma viagem de distâncias, que procurava reconciliar tempos afastados e mudanças, que selava minha meninice com a redescoberta do pai, que, mais uma vez — embora não desejasse nem fosse intencional —, eu colocava novamente à prova, inútil, sabendo que o reencontro, separado por rios de vidas, seria para sempre feito de pequenas dúvidas, e eu teria que conviver com isso.

Sem querer, acertei ao fazer a viagem. Dali a quinze dias estaríamos na França.

trinta e três

Otávio estava sinceramente consternado. Não queria ficar longe de Anita. Disse que se negaria a assinar a autorização para que ela embarcasse e me ameaçou com uma ação judicial.

Entre tantos preparativos para a mudança, eu havia deixado de lado esse assunto como o de menor importância. Na verdade, quase não pensara nisso, já que minha filha se mostrava entusiasmada pela viagem. Mas tinha que reconhecer que não perguntara a ela sobre como se sentia em relação ao pai.

A viagem estava próxima e eu não poderia fazê-la se Otávio não assinasse a autorização. Eu disse a ele que, se essa era sua última palavra, eu me dava por vencida e Anita ficaria com ele no Brasil.

Ele retrucou dizendo que se negaria a assinar a autorização e repetiu a ameaça da ação judicial.

"Acho que você não entendeu direito", eu disse, "Anita vai ficar no Brasil morando com você". Com isso, eu estava querendo dizer: com ele e com Márcia. Ele se deu conta das implicações e respondeu que assinaria, sim, a contragosto, a autorização, mas que eu era uma irresponsável egoísta e que só pensava em mim.

Abrimos o calendário do ano que estava para começar e verificamos as férias e folgas que ele teria nos próximos meses, e ele disse que pretendia viajar para a França em todas essas ocasiões. Era sincero quando dizia que não queria ficar longe da filha, e só então me dei conta de que as circunstâncias estavam fazendo com que a menina, a minha filha, partisse para longe, deixando o pai.

trinta e quatro

Parecia que eu havia me enredado em uma armadilha.

Meu pai não suportava o frio e se recusava a sair de perto do aquecedor, e Anita perderia um ano letivo, estudando em uma classe para estrangeiros, na qual aprenderia o idioma, para depois seguir no ensino regular. Caio não estava nem aí; arrumou suas coisas no quarto extra que utilizaria para ler e escrever, o que encareceu muito o aluguel. No início, ele queria pagar tudo; eu recusei. Depois, tentou propor metade, e combinamos que caberia a ele pagar um terço do valor.

Anita tirou, sei lá de onde, a pérola de que só falaria francês com outras pessoas quando conseguisse falar o idioma na língua do pê. Que só assim teria certeza de que estaria falando bem. Na mesma hora eu tentei, para ter uma ideia da maluquice que ela dizia, e não deu certo. Ela riu da forma como eu misturava francês e português, gaguejando tudo, mas, mesmo assim, estava decidida a manter a promessa. Pelo menos conosco, porque na escola ela conquistava o idioma e os amigos, que, como ela, tateavam na língua.

Quatro meses depois, na Semana Santa, Otávio apareceu, e Anita já falava melhor do que ele. Junto com o inglês, francês era o idioma ensinado nas escolas do Brasil na época de nossa adolescência. Além disso, Otávio estudara por um ano e meio na Aliança Francesa. Depois de abraçá-la por um bom tempo, tentou conversar em francês com a filha, para testá-la. Anita gargalhou da péssima pronúncia e das frases erradas, e ele desistiu de prosseguir; dizia, encabulado, que estava enferrujado. Emocionei-me de ver o encontro dos dois, um misto de orgulho pelo afeto e pela desenvoltura dela, ciúme pelo abraço tão efusivo entre os dois e culpa por tê-los separados.

A armadilha na qual eu me metera era a de que eu suspeitava desde que estivera na França pela primeira vez, no congresso, e retornara ao Brasil com a certeza de que estávamos defasados.

Eu tinha de superar atrasos na minha formação e, ao mesmo tempo, provar que tinha capacidade para aquilo a que me propunha. Era uma ousadia tentar a livre-docência na França, principalmente porque eu sabia de minhas debilidades. Exagerei pensando que seria como quando estava na universidade, na época em que não conseguia ler direito os livros e virava noites até encontrar o sentido dos textos. No entanto, eu não era mais jovem e duvidava de que conseguiria reunir a mesma espécie de energia daquela época.

Nas primeiras entrevistas e durante os rituais para início da livre-docência, me senti humilhada e acuada. Claudicava no idioma, talvez por falta de prática — porque escrevia e lia perfeitamente. Não conseguia elaborar as frases com impacto e clareza, e, pela primeira vez, o meu infinito autocontrole se esvaía em público, nas minhas mãos que tremiam enquanto eu segurava os manuscritos.

Os professores para quem eu me apresentava duvidavam de minha capacidade. Para eles, os critérios e exigências independiam da origem. Não havia comiseração para os terceiros-mundistas, como eu vira acontecer doze anos antes. Mas aquele fora um evento acadêmico livre e com conotação política. Eram simpáticos e solidários aos que vinham de países assolados por autoritarismo.

Agora não. Para eles, tanto fazia de onde o candidato viesse — podiam ser franceses, brasileiros ou dos quintos dos infernos. Para quem não estivesse preparado, seria melhor enfiar a viola no saco e ceder o lugar na fila.

Enquanto procurava, aos tropeções, me fazer entender, eles, sem a menor empatia, torciam o nariz, faziam muxoxo, relutavam, meneando a cabeça negativamente, jamais assentindo, bufando, puff, como os franceses fazem melhor do que os outros, olhavam os relógios e, finalmente, mal disfarçavam bocejos.

As entrevistas aconteciam uma vez por semana. A cada semana eu me sentia próxima de desistir, e a cada semana as minhas palestras pioravam.

Na quinta vez, eu silenciei e minha garganta travou quando um dos professores bocejou alto, guardou as folhas dentro de uma pasta e fez que não com a cabeça. Tentei continuar, mas a voz não saía; me dominava o sentimento de que eu não conseguiria ir adiante. Estava sozinha, apequenada, sem apoio e com a impressão de que algo pessoal acontecia naquela sala indiferente. O preconceito de que estavam indispostos e me boicotando. Travei e mareei. Não dava mais.

Uma professora, ao entender que aquela seria a nossa última entrevista — pois eu dava mostras da minha derrota —, foi gentil e disse: "Minha jovem" — eu, jovem? —, "Minha jovem, se foi você quem realmente escreveu essas dissertações, você precisa mudar de atitude. O que está escrito é infinitamente melhor do que você está expressando, e não considero que sua debilidade seja desconhecimento do idioma. A sua postura tem sido incompatível com esses textos. Sugiro mudar de atitude, porque o seu material é bom, e seus pontos fracos ou controversos deveriam estar em debate já há algumas semanas. Esse é o objetivo e o ponto de partida do nosso trabalho, mas parece impossível atingi-lo porque você não consegue ser coerente. Para ser sincera, acho difícil acreditar que quem está diante de nós é a mesma pessoa que escreveu tudo isso."

Ela questionou minha honestidade, me jogou na lama e deixou claro que eles não estavam interessados em perder tempo. Mas, por outro lado, a cadeira onde eu estava sentada e a posição que eu sonhava ocupar não eram para amadores. Não era algo para um recém-formado querendo uma bolsa para dar seus primeiros e tateantes passos. Nessas ocasiões, podia-se dar um desconto. Não era assim no meu caso. Eu estava ousando ocupar um lugar onde gigantes estiveram. Talvez, no fundo, não tivesse preparo nem bagagem para isso. Pedi a eles um mês de prazo para me preparar e tratar das debilidades de comunicação. Eles concordaram, nem olharam para minha cara e saíram da sala.

Nos dias seguintes, rememorei tudo que fizera até então na área acadêmica. Tentava entender se o problema consistia na minha formação insuficiente ou se eu estava ansiosa e superestimando a banca examinadora. Não encontrei respostas; não descobri o que estava errado e tinha dúvidas se deveria insistir ou desistir.

Em alguns momentos, parecia que, se eu mudasse de atitude, tudo se resolveria. Em outros, que desistir seria o mais correto. A única certeza era que não havia muito a ser feito em relação à minha obra. O prazo era curto demais; um mês não seria suficiente para fazer uma extensa revisão no trabalho, reler os autores citados ou novamente tabular os dados. Eu teria que acreditar em mim mesma; não havia outro caminho. E havia motivos para acreditar; afinal não fora à toa que aceitaram minha candidatura, principalmente influenciados pelo artigo publicado na revista norte-americana, que era um prenúncio do que eu pretendia produzir na livre-docência.

Com isso, um mês de afastamento me pareceu tempo excessivo, porque não havia quase nada a ser feito. Fiz algumas palestras para o espelho, que me pareceram ridículas. Sempre gostei do improviso. Concluí que o que restava era enfrentar a banca com confiança.

Não queria mais pensar nisso. Sondei meu passado acadêmico e não havia mais nada a fazer; se o que eu tivesse a oferecer fosse insuficiente, paciência. Deixei de lado esse tipo de memória para mergulhar em outra. Foi outro tipo de lembrança que eu passei a sondar.

Muitas vezes não pensei nisso por medo do vacilo, da fraqueza e da incerteza. Outras vezes por orgulho, me julgando tão dona de mim mesma. Naquele inverno, pela primeira vez, descontando os momentos em que me senti mal e deprimida, eu deixei de lado e sem remorsos os assuntos da carreira para sondar meus afetos. Mergulhei nas memórias afetivas, as que eu mal acreditava possuir e das quais sempre procurei fugir com uma máscara feita de autossuficiência.

Foi um estranho começo quando me percebi fazendo esforço para baixar a guarda, deixar de lado minha atitude alerta e me permitir pensar diferente, reconhecer que na sucessão aparentemente caótica, embora improvável, de desafios e obstáculos que a vida me colocou e enfrentei sem um minuto de concessão ou trégua, garantindo meu lugar e minha posição, eu criara uma carapaça. Desconfiava de que aquele tempo livre até a entrevista seria mais bem aproveitado se eu lançasse meu olhar sobre mim mesma. E se era verdade que havia muito eu tinha descoberto minha pátria através dos livros, agora eu pretendia lidar com outro tipo de olhar.

Embarcava em longas recordações, desde a infância, sobre tudo o que vivi, as pessoas de quem gostei, o sofrimento dos afastamentos. Fazia uma viagem ao meu passado sentimental, e talvez isso tenha acontecido tão somente por causa do impasse momentâneo na carreira, o frio do fim do inverno e o isolamento do quarto em um país estranho no qual eu mal havia acabado de chegar. Enquanto Anita estava na escola e Caio, trancado no escritório, escrevendo, eu me permitia refletir sobre meus limites, perdas e fragilidades.

Ocupava-me em recuperar essas memórias, sempre tão distantes do meu cotidiano, sempre secundárias, sempre sem importância. Entender o que eu realmente sentia quando julgava nada sentir a não ser o impulso de enfrentar as adversidades gritando ao mundo que eu era capaz de alguma coisa além de cumprir as profecias autorrealizáveis do meu destino.

Comecei a escrever um livro.

O tempo jamais foi tão pródigo, nem um mês tão longo. Além de começar a pôr no papel a minha história, resolvi fazer turismo. Anita chegava logo após o almoço, e passamos os dias seguintes visitando a cidade com Caio. O frio arrefeceu por um tempo, quando consegui tirar meu pai de casa, para programas menos cansativos. Levei-o à grande catedral; ele ficou espantado e duvidou que existisse algo daquele tamanho. Um pouco adiante, onde o rio fazia uma curva, sentamo-nos em um café e papai desembestou a contar histórias misturadas de todas as épocas.

Durante os passeios mais cansativos, ele ficava em casa. Visitamos museus, a ópera, os locais onde a história acontecera, gastei uma fortuna e não ligava muito para encontrar o fio da meada para descobrir o que fazer a respeito da enrascada em que eu me metera.

Contei somente a Caio o que vinha passando. A vaga na universidade no Brasil ainda era minha; eu havia pedido licença e poderia, se quisesse, retomar o posto no ano seguinte. Uma noite, sondei-o a respeito de um retorno antecipado. Ele não acreditou muito na história que eu contava sobre dificuldades quase intransponíveis. Ele sabia que isso jamais havia acontecido comigo. Entendeu que eu precisava, mais do que chegar a qualquer conclusão, desabafar sobre o momento. Passamos a noite em claro, repetindo o amor várias vezes como se fôssemos adolescentes, coisa que eu duvidava de ainda ser capaz, e acho que ele também. Ele foi muito presente e atencioso nos dias que se seguiram, mas não tocou mais no assunto. A não ser no dia em que retornei para a entrevista, que seria a definitiva, em que me beijou e perguntou como eu me sentia.

Eu estava bem. Em um mês não poderia construir nada muito além do que eu já havia feito. E eu tinha coisas muito boas; tinha certeza disso. Eles não tinham considerado minha candidatura à toa, não era coisa de uma aventureira.

Portanto, eu sabia que minha artilharia era minha própria obra. Meu poder de fogo, meu trabalho. Nas semanas das primeiras entrevistas, eu havia enfrentado os examinadores como quem enfrenta os deuses. Que se fodesse. Eu me comportaria na frente deles como me comportava com os alunos e colegas no Brasil; teria que me sentir como se estivesse na sala de aula para poder fluir. Não queria dizer que os menosprezava; eram os melhores que havia. Mas era minha maneira de me fazer entender, de estabelecer o diálogo. Não daria certo adotar uma postura reverencial de subdesenvolvida querendo provar algo para os que estavam no centro do mundo. Não poderia cair na armadilha de, por ter passado o período de formação sob uma ditadura, considerar com incômoda desconfiança qualquer tipo de autoridade. Menos ainda o preconceito que eu tinha, de achar que qualquer tipo de poder — no caso, o poder que exercem os examinadores — fosse necessariamente corrompido.

Ainda havia um tipo de aprendizagem para mim. Mais coisas estavam em jogo do que a livre-docência; tinham a ver comigo mesma, minhas ilusões de prepotência e autonomia. Talvez me faltasse essa clareza para eliminar as travas que surgiram nas entrevistas. Fui para cima deles.

trinta e cinco

Foi pensando como professora e agindo como professora que encarei o retorno ao concurso depois do mês de afastamento. Na primeira entrevista, eles perceberam que algo havia mudado. Agora, o diálogo poderia acontecer. A professora que havia sugerido que eu não havia escrito o que escrevi terminou o dia afirmando que "agora sim, podemos avaliar o seu trabalho".

Eu me saí bem, consegui mostrar o meu melhor e ainda aproveitar alguns insights durante as entrevistas, coisas novas que me ocorriam e eu improvisava. Foi uma conquista, porque o improviso não acontece em um ambiente de intimidação. Realmente, faltava mesmo mudar de postura e abandonar o rancor contra as autoridades. Afinal, eu estava ali me candidatando a ser um deles.

Eles se mostraram entusiasmados, pois um debate chocho e sem profundidade não teria espaço naquele tipo de candidatura. Mas eu também levava esporros diários: que eu não havia interpretado corretamente tal filósofo; que eu havia misturado conceitos básicos; que isso era coisa de calouro. Esporros homéricos.

Percebi que, na maioria das vezes, os questionamentos eram sérios, mas havia ocasiões em que eles queriam me confundir para saber o domínio que eu tinha dos assuntos. E eu enfrentava. Levantava a voz, afirmava que a visão deles é que era equivocada e que eu conhecia mais do que eles determinados autores. A coisa ficava animada, e quem fosse de fora imaginaria que estávamos brigando. Era quase isso, mas era o momento, entendi, em que o debate se faz conhecimento, e os gritos apaixonados fazem ciência. Era por amor à ciência que parecíamos torcedores de futebol. Eu ouvira falar desse comportamento, mas, no Brasil, não presenciara algo assim. No Brasil, todos eram educados, apáticos, compenetrados, predispostos (ou não) com o candidato, como se só faltasse um cachimbo e a gola rulê.

Lá não. Cada vírgula merecia quase que ofensas pessoais, mas eram vírgulas seminais, que todos adoravam debater com paixão, porque delas, dessas vírgulas aparentemente inofensivas, é que surgiria o que de mais profundo a civilização havia criado.

Depois de quatro meses, fui chamada para um jantar no restaurante Polidor, um lugar em que nos sentíamos nos anos 1920. Chamar um candidato para esse lugar equivalia a um ritual de passagem. Em primeiro lugar, só convidavam quem era aprovado e teria futuro na universidade; seria um colega daqueles que os sabatinaram por meses. Segundo, não bastava ocupar a posição de um futuro colega. Ao Polidor, só convidavam futuros amigos. Colegas e amigos, que provavelmente frequentariam as casas uns dos outros, viajariam e iriam juntos ao cinema de vez em quando. Enfim, no nosso jeito de dizer no Brasil, só gente boa era convidada.

Senti-me duplamente contemplada. Cheguei ao restaurante e logo em seguida abrimos uma garrafa de vinho e eles começaram a conversar, e não falamos quase nada sobre a universidade, a não ser algumas fofocas sobre a direção. Isso é igual em todo lugar. Lá pela quarta garrafa, a conversa animada, fizeram uma pausa, olharam um para o outro e decidiram que tinha chegado a hora de falar comigo.

Contaram-me que eu, infelizmente, não poderia fazer a livre-docência. Ainda não tinha material suficiente.

Decepcionada, eu me indagava sobre a justiça de tal decisão. Perplexa, me perguntava por que motivo eles haviam me convidado para o jantar. Eu deveria mandá-los todos à merda; talvez esperassem isso, e, diante do meu claro descontentamento, riram da minha cara. De fato, depois da notícia, enquanto eu tentava voltar os pés do Olimpo para o chão, todos me olhavam com um sorriso enigmático, como se tirassem sarro. Mareei de novo na frente deles, fiquei puta ao mesmo tempo que refletia se, no fundo, eu realmente não possuía preparo para a livre-docência.

Um deles olhou no relógio e avisou: cinco minutos. Todos gargalharam, e eu não entendi mais nada. Era uma aposta que haviam feito sobre minha tolerância e resistência.

— Nessas semanas em que convivemos, criamos empatia, isso é meio inevitável. Nos dê um desconto pela brincadeira. Nos entusiasmamos com sua dedicação, o seu tema é interessante, e afinal, você deve saber sobre o ritual desse restaurante. Se não acreditássemos em você, não estaríamos aqui.

— Mas eu serei aceita?

— Não, isso não. É que apostamos que você nos mandaria à merda. Na verdade, apostamos que você nos mandaria à merda, que choraria ou as duas coisas. Crueldade nossa, confessamos. Mas, se seremos amigos, temos que ser sinceros.

— Continuo sem entender. Mando vocês à merda?

— Concordamos que seu estudo merece, sim, a livre-docência. Queremos você por aqui, queremos você por perto. Mas o nosso julgamento é que ainda é cedo. Estamos te convidando para um pós-doutorado de doze ou dezoito meses, que, convenhamos, é um prazo muito curto, mas achamos que você passa com facilidade por essa fase. Depois disso, voltamos a falar sobre a livre-docência. Confiamos que você será capaz.

— Filhos da puta, todos vocês — respondi, e rimos e brindamos. Eu havia chegado lá e estava para fazer, depois de doze ou dezoito meses, o que nenhum brasileiro tinha feito. Profissionalmente, foi uma das melhores noites que tive, e saí quase carregada do bar. Como eles bebem!

trinta e seis

Há pessoas que se adaptam melhor. Anita e Caio são assim. Mas eu sou crítica demais, desconfiada demais, tenho certa paranoia em considerar hipócritas os que são gentis comigo e rancorosos os que mal me olham na cara.

Muitas vezes, tenho a tendência de analisar e, com isso, quebrar o encanto das coisas. Venho me educando para não agir assim, como na ocasião em que finalmente me confrontei com meu pai e evitei fazer perguntas incisivas sobre seu passado, assim como não disse para Anita, que estava adorando a paisagem, sobre os plantadores de maconha não muito distantes de onde estávamos quando viajamos para o lugar de minhas origens.

Por isso, Anita e Caio estavam entrosados no novo país. Eu ficava me contendo para não dizer a eles que a França estava longe de ser um mar de rosas. A direita avançava, a xenofobia crescia e uma quantidade alarmante de pessoas declarava hostilidade aos imigrantes. A França era para os franceses. Os guetos ao redor da cidade faziam parte de outro universo, e eu conheci estudantes e mestrandos que vinham desses lugares. As distâncias entre a Europa e a colônia talvez fossem menores do que entre a cidade admirada e suas periferias.

Tínhamos uma situação privilegiada, mas o entorno me incomodava; bem quem eu poderia ignorar e ser feliz no meu canto, mas não funcionava comigo; esse era o meu jeito. Mesmo assim, procurava não indicar essas contradições para Anita, que na escola para estrangeiros tinha amigos e amigas que vinham do exílio econômico ou étnico, mas também filhos de diplomatas. Além disso, para eles era cedo; eram pré-adolescentes. E eu não deveria quebrar o encanto.

Fazia longas jornadas noite adentro com Caio, sobressaltados pela falta de sobressaltos na noite de ruas desertas. Ficamos dependentes desses momentos; era quando as dificuldades do dia pareciam tolices e as futilidades compartilhadas em um café davam uma dimensão diferente da existência.

Eu sentia falta do Brasil. Certas canhestrices minhas me faziam desejar o lugar de origem; não o sertão, mas a cidade que me acolheu e onde vivi. Os dissabores do país natal pareciam distantes e pequenos frente ao lugar em que eu estava vivendo e que, ainda que estivesse errada, eu julgava hostil.

Não era como Caio, não era como Anita. Nesse ponto eu queria ser parecida com ela. Fascinava-me demais o fato de que minha filha, criada sob meus preconceitos, ousadias e tabus, fosse mais forte que eu em certas coisas. Sentia orgulho e certa inveja em relação à facilidade com que ela lidava com emoções, sua desenvoltura com o novo e com os outros, a confiança que ela tinha em si e o modo como depositava essa mesma confiança nas amizades. Para mim, isso era uma temeridade.

Dali a pouco eu estaria mais ansiosa do que Anita em relação à escolha de seu curso superior. Devo tê-la pressionado a ponto de tornar detestável esse assunto. Cheguei a dar um ultimato, algo que agora reconheço como um absurdo atroz. Quando chegou a hora, no último mês do ensino médio, eu entendi o que ela vinha reservando para esse momento e que não tinha me contado para evitar discussões e desgastes. Avisou que o curso superior era sua última prioridade e que iria, com um casal amigo, conhecer o mundo e ganhar a própria subsistência por onde andassem.

Eu imaginei que ela queria embarcar em uma onda tipo hippie, que era o paradigma de minha geração em relação a esse tipo de aventura. Mas não. Eles tinham um roteiro, com diversos lugares, de cidades e países a que talvez nem chegassem a ir, tamanha era a gama de opções. Mas, em todos esses locais, havia alguma atividade de voluntariado na qual eles pretendiam participar.

Ideologia, ativismo, política. Práxis, era no que eu acreditava. Sempre fomos desconfiados das ações voluntárias, que, no nosso entendimento, jamais resolveriam problemas estruturais, para os quais seriam necessárias transformações de impacto permanente. Eu ainda pensava assim, ainda penso assim, no entanto, não critiquei de forma tão determinada o projeto de Anita, embora desconfiasse dos benefícios sociais ou pessoais que tal viagem poderia trazer. E havia também a ansiedade de mãe, preocupada com a perspectiva da filha longe, diante do mundo e de lugares estranhos.

Estava frustrada com a decisão dela, com certeza, porque desejava vê-la na universidade, projetando nela minha ilusão de perpetuação. Desejo meu; não dela. Tive que reconhecer e ceder; mas tive medo.

trinta e sete

A inquietude, as carências e as dificuldades que sempre me acompanharam contrastavam com a vida que eu levava na França. Finalmente eu era professora titular, viajava o mundo para dar palestras, ganhava bem para isso, morava em um bairro confortável de poucos turistas e tinha tudo ao alcance do quarteirão.

E tinha muitos amigos. Amizades que eu não imaginava encontrar fora de meu país. O jeito fleumático dos franceses facilitou meu entrosamento, e, para meu espanto, eu era popular, uma das que mais se abriam e para quem eles desabafavam quando suas angústias os faziam procurar ajuda; se conhecessem outros brasileiros, então, se apaixonariam; se bem que os limites são facilmente rompidos quando se tenta forçar além do que é permitido, e, com os franceses, excesso de intimidade não caía bem.

É verdade que eu escrevia minhas memórias, lidava melhor com sentimentos e emoções, mas, no fundo, ainda era eu. Longe de ser sensível à flor da pele, longe de ser extrovertida, divertida e paparicada como fora Otávio por aquelas que eu julgava erroneamente compreender. Mas, na França, meu jeito era na medida certa para fazer amigos e não acabar virando uma eremita solitária em um país estrangeiro, motivo pelo qual inúmeros estudantes desistiam e voltavam para seus países de origem.

Tinha 47 anos e coisas demais vividas para me dar por contente. A cátedra inatingível era minha. Ambições impossíveis tinham se concretizado, e eu poderia usufruir com conforto do reconhecimento e da posição. Mas a memória da dor passa muito rápido, e seu esquecimento é fecundo para o comodismo. Por isso eu me forçava a lembrar sempre daquele primeiro dia na sala de aula na periferia. Procurava manter viva a minha inquietação; eu não queria parar.

Meu pai devia ter entre 75 e 80 anos. Desistimos de tentar ensinar francês a ele. Magro como só os homens do sertão, com rugas demais, mistura de sol e terra, cimento e óleo de cozinha, mantinha, porém, certa elegância na postura ereta e nos movimentos precisos — talvez herança dos tempos em que foi garçom. No corpo, nada indicava decadência iminente. Porém, seus lapsos pioraram no segundo ano na França, e eu sentia certa culpa por levá-lo para outro país, isolado, quando me lembrei das tristes condições do asilo onde o encontrei. Por outro lado, naquele dia, encostado à árvore, ele parecia ter um grande prazer pela companhia do velho colega com quem conversava. Nada é simples como gostaríamos.

Papai ficava realizado quando cozinhava para a família. Reclamava muito por não encontrar alguns ingredientes no bairro. Ficou maníaco por frequentar os mercados, mercearias e quitandas. Comprava apenas um pouco do que precisava, para que pudesse voltar logo para a rua. Entrar em vários estabelecimentos em um mesmo dia era uma ocupação divertida para ele. Muitas vezes, Anita ou Caio o acompanhavam, para traduzir os rótulos. Quando desconhecia o tempero ou determinado legume ou fruta, ele pedia para comprar por curiosidade e criava receitas adaptadas. Saiu-se muito bem. Quando eu programava um jantar com amigos, combinava com ele antes a escolha do prato, e papai era elogiado, com seu jeito tropicalizado de cozinhar. Quando Anita fez dezesseis anos, corremos metade da cidade para encontrar os ingredientes para uma feijoada para comemorar, mas que ficou apenas razoável.

Houve um episódio de mudez cinco meses depois que Anita partiu. Fiquei com medo que pudesse ser um AVC ou a manifestação de um mal oculto. No hospital, nada detectaram e o encaminharam a um psiquiatra, que ficava irritado porque eu precisava acompanhá--lo para traduzir. De qualquer modo, era inútil, porque papai não respondia às perguntas. O psiquiatra mostrava-se desconfiado com minha presença, talvez julgando que eu fosse o motivo de o velho ter emudecido, e pediu para o hospital providenciar um tradutor. Disse também que recomendava a internação em uma instituição para idosos. Que ele sozinho poderia causar acidentes, esquecer o fogão ligado, incendiar o apartamento, sofrer uma queda ou sair andando pela cidade sem saber quem era. Mas asilo era coisa que eu não podia aceitar. Muito menos em um lugar onde ele não entenderia nada do que falassem.

Encontramos um psiquiatra brasileiro que trabalhava em outro hospital e que nada encontrou de anormal nas tomografias e exames, até que, dois meses depois, papai deu bom-dia quando apareceu na cozinha de manhã. O médico deu alta; imputou à idade, às antigas doenças que não deixaram vestígios ou a algo emocional. A tomografia não mostrou traumas, a química do organismo não carregava vestígios, os lapsos de papai continuavam um mistério. Mas o incidente mudou nossa atitude com ele, porque prestávamos mais atenção aos pequenos detalhes de sua rotina. Pelo menos, o passado recente continuava vivo, como se ele tivesse recomeçado a vida a partir no momento em que saíra do asilo. Demonstrava lembrar muito bem de tudo que acontecera nos últimos anos. De resto, continuava como uma vida pela metade, em que parte da história continuaria no acervo desconhecido das lembranças apagadas.

Ele procurava não demonstrar, mas a ausência de Anita provocou uma tristeza silenciosa, talvez desencadeando a mudez temporária. Precisávamos arrumar algo para animá-lo.

Contratamos uma brasileira que fazia intercâmbio e que trabalhava como babá ou qualquer serviço eventual que surgisse. Seria a tradutora de papai em uma oficina de culinária para a terceira idade, que acontecia duas vezes por semana. Ela traduzia certas esquisitices que ele falava — muitas vezes falava apenas para si, mas ela, confusa, traduzia tudo — e os demais velhos se divertiam com papai, que nem fazia ideia do motivo da euforia dos outros. Afinal, eram apenas comentários ou resmungos cotidianos, mas ele vinha de um outro mundo. Quando a menina traduzia as orientações do professor do curso, ele reclamava como um velho, dizendo que estava tudo errado. Nisso era igual aos outros, que julgavam que seus métodos eram melhores do que aqueles que o professor ensinava.

Periodicamente, Caio se cansava. Quando o semestre lhe parecia longo demais, passava um ou dois meses no Brasil. Ele se mudara para a França por minha causa, e não era justo eu me queixar, mas a conversa de que a pátria dele era onde estavam seus sapatos e que ele era um cidadão do mundo, isso não era lá muito verdade.

Sentia muito sua falta quando ele viajava. Achava a casa grande demais, vazia demais, sem ele e Anita. As partidas para o Brasil eram antecedidas por fases. Começava com irritação quando empacava em um livro: ficava arisco e se trancava no estúdio. Depois deambulava por aí, dizendo que não aguentava mais a cidade, chegava bêbado, e eu ficava puta porque considerava esse comportamento algo de um passado que já não nos dizia respeito. Mas — eu reconhecia — era muito diferente aquilo que eu fazia daquilo que ele fazia, que era escrever ficção. Por outro lado, não devia ser muito fácil me aturar quando era eu quem ficava irascível nos momentos em que encontrava grandes obstáculos. Então estávamos empatados. Cada um com sua mania. Concessões. Eu já havia passado por isso.

No Brasil, a universidade exigia, por motivo regimental, que eu retornasse para lecionar por, pelo menos, um semestre, e depois eu poderia novamente pedir licença. Para eles, a minha livre-docência era importante e gerava índices positivos para a universidade. Eu deveria tomar a decisão de retornar por um tempo ou renunciar à vaga no Brasil. Eu tinha uma relação complicada com os lugares onde vivia, e não era diferente na França.

Quando estava no Brasil, queria sair, e agora que estava fora queria voltar. Com todas coisas boas que me aconteceram na França, algo de perda, uma sensação de incompletude e uma certa culpa inexplicável me assolavam de vez em quando.

Eu nada devia a ninguém, mas faltava a certeza de pertencimento, como se houvesse algo de provisório em meu cotidiano, como quem sai para uma viagem com o sentimento de que esqueceu algo em casa.

Estava bem, vivia bem, mas me incomodavam os defeitos dos lugares que só se consegue ver com a lupa do dia a dia. Sentia-me inapta e impotente, porque não era o meu país, eu não era cidadã, mas apenas observadora da opressão abafada nos verões quentes dos guetos, do exílio econômico e da tristeza daqueles que foram obrigados a abandonar as famílias e enviar para elas, em distâncias medidas na alma, o pouco que sobrava nos subempregos que ocupavam, e muitos deles tinham curso superior, obtido em seus países de origem.

Um vazamento no encanamento de casa foi consertado por um engenheiro brasileiro, que trabalhava clandestino nesse tipo de bico. Chegou com um colega de trabalho, que se chamava Buba, do Senegal. O conserto terminou rápido, mas durante o reparo, aconteceu que eu e Caio fizemos amizade instantânea com o brasileiro. Era final de tarde e os convidamos para o jantar, que papai começava a preparar. Os dois revelavam uma saudade doída, marcada pela angústia de um retorno desejado, mas impossível.

Além da saudade e da distância, tinham que trabalhar com medo da imigração, morar em cubículos para economizar o máximo, pular refeições; esse era o admirável mundo velho, que por seu lado tinha e não tinha culpa dos destemperos políticos e econômicos e dos fracassos dos outros.

Esse trabalho dos diabos sustentava milhões de pessoas mundo afora, que só tinham o que comer porque os imigrantes como Buba enviavam-lhes dinheiro todos os meses. O brasileiro estava um trapo humano, tinha filhos no Brasil e fazia um ano que não os via. Mas Buba, que, além de precisar de dinheiro, fugira por motivos étnicos, não podia voltar para casa, ainda que quisesse. Sua família era de outra etnia, e não corria — pelo menos naquele momento — risco no Senegal. Naquela noite, em determinado momento, depois que o brasileiro já havia purgado suas mágoas — conversávamos em francês —, Buba retirou de uma velha carteira amarela de velcro uma foto de sua filha. Mal nos conhecia e chorou, com intensidade que nos surpreendeu, nós que conhecemos a tal palavra — saudade —, para cuja intensidade não existe escala. Ele começou a chorar assim que viu a foto e pronunciou o nome da menina. Fiquei muito baqueada. Essa era uma das coisas que me davam uma sensação de desconforto.

Porque lá eu nada podia fazer. No Brasil, pelo menos, eu tinha a ilusão da cidadania, que, afinal, também não daria em nada, mas o sentimento é muito diferente quando se é cidadão de um lugar e quando não se é. No Brasil eu tinha a sensação de impotência por incompetência. Algo coletivo. Na França, era impotência pura. Era assim que eu me via diante de Buba e os condenados do exílio econômico, porque eu nada podia fazer. Nem mesmo um mísero e insignificante voto eu podia dar a um candidato que defendesse gente como Buba.

Estrangeira, é fato, porém tratada como francesa, privilegiada, respeitada. Meus amigos franceses me tratavam como igual, mas eles não representavam o pensamento do restante do país. Caso tirasse meu crachá e fosse a uma cidade do interior, meu sotaque me daria uma experiência sociológica, a de sentir na própria pele o asco alheio e olhares de ódio. Esse era meu problema. Sempre havia sido. Me incomodar.

Estava fora havia quase sete anos. Sentia necessidade de voltar e lidar com os sentimentos contraditórios; temia que, ao retornar depois de tanto tempo, não me sentisse em casa. Talvez estivesse sentindo saudade de um país que não era mais o meu. Assim como não me senti pertencente ao sertão quando lá estive. Tinha a impressão de que me descobriria estrangeira também no Brasil. Eu tinha que voltar para poder entender.

trinta e oito

"Mãe, antes de nascer, o que eu era?"

Lembrava de Anita e gostaria de tê-la por perto para lhe fazer uma pergunta, com a diferença de que agora quem estava perplexa diante da filha era eu. Tinha de lidar com o fato de que ela era uma mulher, e eu não sabia como uma mãe deveria agir.

"E agora, filha, que é você mesma, o que vai ser da sua vida? O que vai ser da nossa vida? Como vai funcionar agora, em que eu não preciso mais arrumar sua cama e não estamos juntas como sempre estivemos? O que eu faço?" Era isso que perguntaria a ela, porque só ela teria a resposta.

A distância de Anita era feita de orgulho e de tristeza. Ela tomara uma decisão corajosa que eu, embora cética sobre suas motivações, admirava pela iniciativa. O problema era que eu gostaria de receber cartas; ela mandava e-mails. Queria falar mais ao telefone; ela contava o básico, porque as ligações eram caras. Pedi que ligasse a cobrar para que nossas conversas tivessem a duração de que eu necessitava; ela se recusava. Gostaria que ela fosse exclusiva, mas ela entrava em contato com o pai com tanta ou mais frequência do que comigo; imaginava uma criança estabanada e dependente; ela era uma mulher. Desejava ouvir suas angústias, interesses e paixões, para eu pudesse contar minhas próprias histórias, e desejava poder, se ela precisasse, evitar seu sofrimento e fazê-la entender o aprendizado duro da vida. Julgava que, com minha experiência, poderia ajudá-la a separar o fútil do trágico, minimizar o que fosse pequeno e prepará-la para os momentos perigosos; mas ela preferia aprender sozinha. Sempre mandava beijos, abraços e dizia que me amava. Quantas vezes eu disse que a amava?

Descompassos com os quais tive que aprender a lidar para não sofrer.

Medos e temores aplacados por breves momentos quando recebia notícias dela, para tudo recomeçar até o próximo contato. Mas ela se revelava sempre mais preparada do que eu supunha. Da mesma forma que estive mais preparada do que mamãe. E ela, por sua vez, querendo me proteger, ocultou seus próprios temores e mergulhou em um mutismo sentimental que julgava apto para meu fortalecimento.

Toda semana ela ligava para Otávio. Tive ciúmes no começo, até entender que, se Anita omitia de mim coisas que contava para ele, assim como o inverso, era porque ela sabia que Otávio precisava ouvir coisas diferentes daquelas que eu ouvia.

Andou por lugares por onde eu jamais imaginei viajar, fez coisas memoráveis, passou por dificuldades, sendo a falta momentânea de comida a menor delas, e presenciou dramas humanos que só conhecíamos em breves momentos de terror enquanto durava o noticiário da TV.

Fez uma tal quantidade de amigos, em uma rede de jovens de todos os cantos e batizados nas coisas difíceis do mundo, que pressenti que, quando decidisse retornar e começar algo em algum lugar, esse lugar haveria de se multiplicar por inúmeros países. O lugar que escolhesse poderia ser diferente do meu.

Um ano depois da partida, voltou para ficar um mês conosco. Em seus olhos calejados eu percebi que, como acontecera comigo, seu aprendizado estava completo. Era madura e firme em suas convicções.

Não queria dizer que essa firmeza fosse, aos meus olhos, coerente, porque eu desprezava o voluntariado, feito de ações localizadas que não mudariam nada no longo prazo, porque o tempo era mestre em perpetuar o eterno retorno das misérias e do sofrimento. Cabia à política e aos movimentos sociais qualquer mudança. E somente a cada povo, como autor de sua própria tragédia, cabia transformar de forma perene uma sociedade.

Foi uma discussão intensa. Nesses momentos, ela era como Otávio, a um passo de dizer coisas irremediáveis e ofensivas. Estava muito impactada pelas experiências que vivera para aceitar meus argumentos. E, afinal, esses jovens tentavam algo; eu não poderia pegar tão pesado.

No fundo, eu não sabia diferenciar se queria atraí-la para perto novamente ou se era somente por convicções que eu tentava demonstrar, com exemplos históricos, que suas ações não dariam em nada. Ela repelia esse debate e meus argumentos com a mesma energia que eu tivera em meus anos de formação. Durante o mês em que passou conosco, tivemos, em cinco ou seis ocasiões, discussões de enorme desgaste.

Na última delas, sugeri que voltasse ao Brasil. Que era um país tão necessitado como aqueles por onde ela andara naquele ano. Eu sabia que não era verdade. Ela também sabia que não era verdade, e, num arroubo, despejou em minutos e com voz alterada desgraças e infelicidades que não cabiam no mundo, coisas que os olhos gostariam de negar, mas que, vistas, tornam-se impossíveis de esquecer. Ela continuaria mais um ano com os amigos rumo a destinos incertos.

Papai se esmerava na cozinha. Enquanto eu ia trabalhar, aproveitava o retorno breve da neta para irem juntos fazer compras, alongando o caminho pelas ruas e praças, e ela procurava recompor — passou a tomar notas —, as memórias fragmentadas do avô, para montar uma história coesa e conhecer melhor sua vida e sua história, talvez procurando semelhanças com as coisas que presenciara.

Otávio veio logo em seguida à chegada de Anita. Márcia também veio, mas era como se não estivesse na cidade, porque quase não aparecia em nossa casa, não jantava fora conosco e, quando

Otávio se encontrava com Anita, fazia programas sozinha pela cidade. Eu não me importaria se ela aparecesse mais frequentemente; deixei isso claro para Otávio, e numa das poucas vezes em que estivemos juntas, tive a impressão de que era Márcia que não queria contato. Um ciúme tardio ou, talvez, inveja de mim — Márcia queria engravidar e não conseguia.

Quem seria o aleijão do momento?, pensei, percebendo a feição rancorosa de Otávio, cujo olhar se fixava em mim e nela, dando a impressão de que nos culpava pelas escolhas erradas e frustradas de sua vida. Havia certo ódio contido, destinado às mulheres que teve, mas que deveria ser contra si mesmo, se pudesse entender melhor. Senti-me aliviada de estar definitivamente fora de seu alcance, não sem uma ponta de tristeza, por não encontrar nem vestígio do homem que ele fora, aquele das besteiras desavergonhadas, o cara que ria de si mesmo.

Com Anita, quando ficávamos a sós — e não discutíamos —, algo estava estranho. Eu não sabia direito o que fazer em relação àquela mulher que um ano antes eu tratava como um bebê crescido. Eu jamais contaria para minha mãe — nem para minha filha — sobre minha intimidade e minhas descobertas sexuais. Fiquei rubra quando ela contou sobre um garoto chileno que conhecera em um alojamento na África e que foi o seu primeiro homem. Eu quis perguntar se eles tinham usado camisinha — quase falei —, mas percebi que isso já não era mais da minha conta. Anita lidava com suas emoções de uma forma que eu nunca lidei. Esse tipo de aproximação entre mãe e filha provocava em mim algo difícil de conciliar: desconforto e orgulho. De alguma forma, criei alguém tão diferente e tão bem resolvida na difícil arte da intimidade; algo que eu e minha mãe nunca conseguimos, porque nunca tentamos; porque nossa confiança incondicional foi permeada pela necessidade e pelo sentimento de que a vida nos ameaçava. Emoção era fraqueza que atrapalhava, e eu jamais interpelei mamãe, porque talvez nesse aspecto eu tenha saído muito parecida com ela. Pensando assim, eu fugia ao pensamento de que pude ter sonegado a tentativa de me aproximar de mamãe, justificando-a por meio do que ela deixava opaco. Assim, eu justificava a mim também.

Disse a Anita que eu deveria, cedo ou tarde, passar um semestre no Brasil. Perguntei se ela iria comigo. Ela respondeu que gostaria, que talvez me acompanhasse, desde que isso acontecesse depois do ano que estava para começar, porque ela estava novamente de partida, e deveria ficar fora vários meses.

Abri-me com ela e disse que nosso afastamento me entristecia como poucas coisas e que eu sentia sua falta. Ela me tomou nos braços, me consolou, disse para eu não me preocupar e que me amava e pensava sempre em mim, invertendo os papéis naturais nos quais um dia ousamos acreditar.

trinta e nove

Eu, se fechasse meus olhos, seria capaz de dizer onde estava por causa da umidade. O cheiro de folhas molhadas, terra fresca e mofo dava a impressão de que a Mata Atlântica ainda se fazia soberana e de que estava próxima, na serra logo em frente, aguardando o momento para novamente tomar conta de tudo. Gosto desse cheiro, que depois de alguns dias deixamos de perceber, e foi ele a primeira sensação do reencontro com o Brasil quando cruzei o portão de saída do aeroporto às seis da manhã.

Fomos para o meu apartamento. No dia seguinte, eu deveria me apresentar na universidade para lecionar durante o semestre. Caio foi para seu apartamento, onde pretendia arrumar as coisas e descansar da viagem. Papai reclamou do calor prematuro das nove horas e espirrou sem parar. Anita não veio conosco, como eu esperava. Se tudo desse certo, chegaria uns três meses depois, para ficar um tempo, que eu não saberia dizer se seria de uma semana ou um ano.

O lugar parecia diferente, como se eu nunca houvesse ali morado, vivido com Otávio e tido minha filha. Como se as recordações do passado fossem de outro lugar, quando entrei em casa, parecia que eu estava em uma cópia apenas aproximativa, diáfana, daquele apartamento. Era boa a sensação de estranhamento, pois os lugares novos são instigantes. Mas também era triste pensar que uma parte importante de meu passado se encontrava em suspensão entre aquelas paredes, e que medos, preconceitos e certezas que tive pareciam agora infantis, assim como desnecessário o sofrimento que carpi naqueles 150 metros quadrados. Julgava estranhos o lugar e as coisas, quando na verdade eu é que havia mudado. Esquentei água para um café, bati o pó do colchão e me sentei no sofá, em cada movimento tornando familiar o que julgava extinto, como o gesto de colocar a xícara sobre o braço do sofá.

No dia seguinte, tomei café na padaria em frente ao prédio. Depois, bem devagar, andei pelas ruas do quarteirão enquanto observava os desenhos geométricos das calçadas até chegar ao ponto de táxi. Naquela breve manhã, os sentimentos de familiaridade e pertencimento pareciam recuperados e tudo me parecia bom e aconchegante; eu me sentia feliz em voltar. Havia pessoas a reencontrar, cujas diferenças pareciam, à distância, eliminadas. Eu tinha a oportunidade de ver novamente meu lugar, procurar entendê-lo sem que fosse por meio de jornais. Era como encontrar um baú com coisas perdidas — e queridas — e reconhecer os objetos com os olhos da saudade. Naquele momento, tinha a sensação de que voltava para ficar.

Durante oito anos, fiquei sabendo do que acontecia no país por correspondências dos amigos e, em menor grau, notícias de jornais e internet. Sentia-me distante pelo oceano das coisas não vividas. Os relatos dos amigos não eram animadores, mas eu achava que eles exageravam, porque estavam sujeitos às rotinas e frustrações cotidianas, e que, afinal, tais sentimentos eram comuns em todo lugar. Eu mesma estava saturada dos problemas da França, enquanto eles idealizavam que tudo ia bem por lá e diziam que eu era tola por voltar.

Fui bem recebida, porque eu era uma aquisição importante para a universidade, e nos primeiros dias dei algumas entrevistas para jornais e revistas. O próximo passo seria entrar em contato com a realidade.

Em oito anos, os alunos desceram a um nível insuportável. Um crime acontecera no ensino básico e médio, e outro se estendia no ensino superior, com a proliferação de cursos nos quais os formandos mal sabiam escrever.

Em paralelo à má formação, um tipo de particularismo segregacionista, cheio de ira e mal sustentado por falta de conteúdo, sobrepunha-se ao debate. Isso acontecia principalmente na universidade pública, da qual os grupos de poder tomaram conta; algo que estava ainda no início quando eu parti. Agora, isso era reproduzido e copiado pelos alunos. E eu já não estava na idade de ter paciência para aguentar esse tipo de comportamento. Tinha pressa, porque entendia que um fosso estava se formando e a qualidade de nossa pesquisa estava comprometida em virtude da quase incapacidade dos alunos de se aprofundarem nas matérias.

Meus amigos não estavam muito animados. Aguardavam poucos anos para a aposentadoria e aceitavam os feudos como algo sem volta e sem solução. Pouca influência tinham nas decisões da faculdade. Contaram-me que, enquanto estive na França, houve um período em que meu trabalho repercutiu no Brasil. Porém, não demorou para que se instaurasse em relação a mim um patrulhamento mal disfarçado por um profundo despeito, rancor e comentários obtusos sobre minha obra. Depois, surgiu uma espécie de tabu e silêncio sobre meu nome. Poucos tinham capacidade de criticar, mas todos desejavam que aquela excrescência, chamada sucesso — chamada eu mesma —, ficasse lá pela França. Alguém disse que a inveja era o fruto amargo da glória, e aqueles que tentavam me desprezar perante o mundo acadêmico diziam que o país tinha outras e mais urgentes necessidades; porém, jamais deixaram claro que diabo de projeto eles tinham a oferecer. Na França, esse debate não chegava — aliás, como quase nada do Brasil na área científica. Como jogadores de futebol, as principais estrelas brasileiras da ciência trabalhavam no exterior.

Em oito dias, a lua de mel e o encantamento pelo retorno acabaram. Pelo menos, em relação à área acadêmica. Pensando melhor, com a política também. Mas que direito eu tinha de reclamar, já que sabia que minha obrigação era enfrentar o que julgava errado? Haveria mesmo essa obrigação? Eu fizera, durante anos de minha formação, aquilo que havia proposto. Mais do que isso: fui além e ainda consegui transmitir para centenas de alunos o meu melhor.

Comparando os alunos de antigamente e a nova turma que eu assumia, havia um curto período de quase uma década, porém uma distância impressionante, e para todo lugar que eu olhava não via ninguém com honestidade intelectual para enfrentar o problema.

Já tinha assumido as minhas classes quando um colega antigo da universidade, que era assessor do Ministério da Educação, me chamou para uma reunião em Brasília. Disse que tinha um importante projeto para o qual pedia minha ajuda. Eu nem desconfiava do que ele queria quando, em vez de me receber no ministério, combinou o encontro em um restaurante na Asa Sul, onde me ofereceu um cargo. Achei que fosse piada.

Carlos não fazia parte do meu círculo de amigos mais próximos da época da universidade, mas me recebeu com intimidade, como se tivéssemos transado na noite anterior, e não tantos anos antes. Eu não lembrava se tínhamos feito sexo, e sinceramente achava que não. Mesmo assim, me esforçava para recordar, pois nada justificava — ainda que tivesse acontecido a transa — a intimidade forçada, o sorriso canastrão, o abraço exagerado e insinuante e a massagem no meu ombro, nada sutil, enquanto eu me sentava. Bem — pensei — havia chegado pouco antes de outro país, talvez tenha esquecido muito das coisas daqui; poderia estar me precipitando nessa avaliação. Ele falou primeiro:

— Devo confessar que você me surpreendeu. Ao contrário de toda a nossa turma, está mais bonita agora do que antes. Qual é o seu precioso segredo?

Olhei em seus olhos, séria, compenetrada e muda. Ele abaixou a cabeça, mais rápido do que eu imaginara. Mas retomou como se nada tivesse acontecido.

— Parabéns pela posição que você alcançou. É a maior pensadora brasileira, com mérito. Pelo menos nas ciências humanas.

— Você quer dizer: importante, mas em uma área à qual que ninguém dá importância…

— Não. Eu não quis dizer isso. Lembre-se de que venho da mesma faculdade que você. E veja onde estou agora…

— Parabéns, Carlos, pela posição que alcançou. Mas não posso deixar de perguntar. Como foi que chegamos a esse ponto? Estou há apenas três meses de volta e ainda chocada com o estado da educação no país. Estamos em meio a escombros.

— Não é tão ruim assim. Você não pode ignorar a complexidade de um país desse tamanho. Foi por isso que te convidei. Para você conhecer melhor o país e ajudar a fazer o que é certo.

— Não entendi.

— Você vai tocar o Conselho Nacional de Educação.

— É pior do que eu pensava! Achei que me queriam para uma consultoria, uma palestra, sei lá, um vídeo para motivar os estudantes. Eu não tenho a menor noção de gestão, que é o que vocês precisam, mais do que tudo. E minha área de especialização está longe da pedagogia.

— Não se subestime. Você tem o talento raro da determinação irresoluta. Uma capacidade de realização e superação de obstáculos que é muito mais valiosa do que o conhecimento de administração, para o qual você terá à disposição técnicos muito capazes. Não seja tão fechada; é a oportunidade para fazer a diferença e ajudar a corrigir os erros recentes, mas não irremediáveis.

— Você se refere aos erros catastróficos? Tipo abolir a reprovação, eliminar o mérito do bom aluno, sonegar a autoridade do professor, censurar livros, proibir a escolha dos professores dentro da sala, enfiar cartilhas goela abaixo, comprar livros em licitações milionárias para depois perceber que parte das escolhas era uma verdadeira merda, deixar que lunáticos que nunca deram aulas desenvolvam políticas mirabolantes de ensino, para finalmente se aperceberem de que o país está formando analfabetos funcionais em massa e novamente cancelar tudo que foi feito, porém, substituindo por um novo modismo, talvez pior ainda do que o anterior?

— Você não errou em nada no diagnóstico. Foi por isso que te convidamos. Precisamos dessa clareza e dessa paixão para reverter o quadro que você identificou tão bem.

Ele procurava me seduzir concordando com o discurso que eu proferira para criticá-lo. No momento de empolgação, em que falava mais do que devia e procurava chamá-lo de incompetente, ele se mostrou submisso e dependente. Era muito hábil nesse tipo de sedução; aprendera as artes de seu ofício. Parecia envolvido e confiante na proposta que me fazia; parecia até mesmo sincero, mas eu estava calejada.

Ele estava na segunda garrafa de vinho ordinário de preço extraordinário — eu mal tomara uma taça — quando se revelou megalomaníaco e sem noção de limite. Provavelmente achou que eu aceitara o convite, pois mudou de assunto e começou a falar de sua vida amorosa, das invejas e disputas palacianas, que esteve várias vezes nas reuniões da presidência, que tinha uma informante-amante no gabinete, que o ministro era como um irmão e que tudo ia bem enquanto estivesse bem e os canalhas oportunistas não atrapalhassem o projeto de governo.

— Mas você está realmente linda, sabia? Vai ser ótimo ter você por perto.

Eu queria me livrar daquela reunião, mas, no fundo, meu ceticismo conflitava com uma espécie de delírio infantil, de que — quem sabe? — a proposta fosse bem-intencionada e verdadeira. De um lado, eu refutava o que parecia ser demagogia de um governo perdido em suas ilusões e acuado por sua incompetência. De outro, será que eu poderia me aproveitar daquilo? Teria independência operacional e poderia de fato fazer algo em que acreditasse? Melhorar o que estava arruinado?

Procurei ser tão política quanto Carlos e elaborei algumas perguntas que revelariam o papel que, de verdade, eu representaria em seus planos. Primeiro, massageei seu ego, elogiando a carreira fantástica e dizendo alguma besteira do tipo "finalmente nossa geração chegou ao poder, e agora é a hora de ajustar as contas com a história". Carlos, levemente alto pelo vinho, esbugalhou os olhos e sorriu. Ele estava pronto para as perguntas que eu queria fazer.

— Carlinhos, eu só vou aceitar, amigo, se você falar a verdade. Por que eu?

— Você é uma das intelectuais mais importantes do país. Acha pouco?

— Esse motivo não basta. Vamos lá… a verdade, senão… eu não venho…

Ele titubeou e, movido pelo clima aconchegante que eu deixei acontecer, desabafou:

— Um bando de incompetentes, compreende? Os que são indicados pela base política são uns toscos. Os que são de carreira, um pouco menos piores… e os resultados, sempre os mesmos: uma catástrofe.

— Então, você cometeu um erro ao me convidar, porque eu sou a última escolha que vocês deveriam fazer. Meu jogo de cintura é mínimo para lidar com esse tipo de confusão, minha paciência é limitadíssima com a incompetência e… eu já disse… não tenho experiência em gestão.

— Mas é bom pros assets.

Memorizei o termo para pesquisar depois que besteira seria essa, mas acho que eu já tinha entendido antes de perguntar.

— Como assim?

— Pega bem, entende? O ministério vai poder contar com uma estrela da ciência em seus quadros.

— Ah, então trata-se de uma indicação figurativa, é isso? Vão fazer propaganda com meu nome?

— Pelo contrário! Trata-se de exemplo para os outros dirigentes, para mostrar que a proposta é séria…

— Você é contraditório: me quer para exemplo ou para realização?

— As duas coisas, ora...

— A realização e o exemplo são antagônicos. Principalmente em instituições viciadas.

— Você vai poder fazer o que quiser.

Ele já não aguentava mais a sabatina (engraçado: eu o sabatinava, sendo a candidata), e deixei para o final as duas perguntas que faltavam, para as quais eu não tinha a ilusão de receber uma resposta diferente da que imaginava:

— Terei carta branca para selecionar os livros e fazer as licitações?

— Assim... É bom a gente sentar antes para combinar qualquer mudança brusca. Existem ótimas editoras com as quais a gente já tem tradição, entende?

— Não. Mas tem algo mais importante ainda: poderei adotar uma linha independente e me cercar dos professores que eu escolher?

— Prometo que sim.

— Que bom. Pretendo fazer valer a escola laica, abolir o charlatanismo do ensino religioso, eliminar as indicações políticas nas secretarias estaduais, debater conteúdos importantes para os jovens... incluindo aborto, drogas e sexo, abolindo o tabu hipócrita de que essas coisas não fazem parte da vida deles. Além disso, os conteúdos serão ministrados e livros serão lidos, com cobrança de desempenho. Por fim, vou descentralizar a metodologia, pois isso não é coisa para se criar em gabinete.

— Amiga, eu concordo com tudo. Como não poderia? Mas você tem que saber que as mudanças têm que ser paulatinas, e as ações, pragmáticas. A gente carrega uma herança maldita que deve ser enfrentada aos poucos. Você ainda está com o espírito, digamos, muito francês. Entre no nosso ritmo e tenho certeza de que tudo dará certo no final.

Despedi-me com elegância e com elegância recusei seu convite para jantar. "Jantar fenomenal" foi o que ele disse, e eu tive vontade de ficar só para ver que paspalhice ele considerava um jantar fenomenal, pois, pelo exemplo do vinho medíocre que escolheu e o exibicionismo com o qual pagou com o cartão de crédito do ministério, achei que o jantar seria com três ou quatro pajens abanando a mesa com leques de penas de avestruz.

Por que não? Brinco? Eu não estava exagerando. Anos antes — tudo bem, décadas antes, ainda na ditadura —, um intelectual, talvez o mais badalado do país, comemorou o aniversário de seu livro mais importante fantasiando garçons de escravos e decorando o restaurante com cepos e pelourinhos. Somos o país do irrealismo fantástico. Aqui, acontece de verdade.

Quando liguei para o ministério — prometi dar a resposta em alguns dias —, não tinha a mínima vontade de falar com Carlos, e deixei recado sobre minha recusa.

Meu lugar era a sala de aula, onde eu sabia fazer a diferença e que era — ainda acredito nisso — o último refúgio contra a má-fé circundante. Entre meus novos alunos, depauperados pela irresponsabilidade da educação média, descobri vocações e desejos profundos, ocultados pelas dificuldades de formação.

Em uma sala com setenta alunos, entre dez e quinze se esforçavam com paixão. Passei a me dedicar a eles utilizando um tempo três vezes superior ao de minha carga horária oficial. Estendi as horas de atendimento no gabinete e dei aulas paralelas para reforço dos conteúdos.

Assim que cheguei, a universidade me queria para as aulas de mestrado e doutorado. Quando percebi que os demais professores não gostavam de dar aula para calouros, decidi fazer diferente. Neguei o que propuseram e me ocupei daqueles que mais precisavam: os alunos do primeiro semestre. A eles eu pertencia. Encontrei um lugar que poderia chamar de meu e um propósito que me dizia que ainda valia a pena.

quarenta

Era tarde e meu pai já dormia quando encontrei a caixa de papelão coberta de pó no fundo da prateleira da estante.

Não me ocorrera que havia vinte e cinco homens naquela lista e eu tinha parado no quinto. Quantos homens mais eu poderia chamar de pai, caso os encontrasse no mesmo estado em que encontrei aquele que chamei de pai, com a memória e o passado debilitados? Quanto eu estava, na época, sugestionável diante da iminente separação de Otávio?

Coisas que eu pensava no início, mas que arrefeceram, convencida que eu estava de que havia, de fato, encontrado papai, mas também porque as histórias que ele me contou no asilo eram coincidentes e convincentes demais. Ou será que eu tinha me antecipado e falado coisas quando o encontrei, permeando-o com memórias que eram minhas?

Anos antes havia me conformado com as incertezas e decidido abrigar aquele que chamava de pai. Nos primeiros meses, estive agoniada com o encontro improvável, por meu jeito de querer dominar as informações e estabelecer princípios razoáveis. Na vida como na ciência. Mas não poderia ser assim. Não foi assim. Nem com Otávio, nem com meu pai. Com meu pai a paz aconteceu quando eu tive a longa conversa sobre nossas vidas e decidi aceitar que algumas dúvidas seriam eternas e que as dúvidas não poderiam ser o centro da vida afetiva. Por isso, eu não mexia nos documentos da caixa para questionar a identidade de papai, mas para divagar sobre a vida, seus encontros improváveis, caminhos e descaminhos e sobre eu mesma. O velho era definitivamente meu pai, ainda que pequenas dúvidas pudessem se interpor; não importava.

Porém, na história de gente perdida, é impossível sobreviver sem fantasiar; disso se tratava: imaginar como as coisas poderiam ou não ter acontecido; as histórias não contadas ou esquecidas dentro de uma pequena caixa que representava anos de angústia e busca.

Remexendo no acervo, nos vinte e tantos homens a cujo encontro eu não fora, deparei com fotos de documentos de identidade e outros registros e me detive em um deles, que devia ter uns cinquenta anos quando tirou a fotografia. Não era a primeira vez que eu via aquele rosto, mas quando coletei os documentos, evitei me deter em cada homem isoladamente. Faria o trabalho de forma sistemática, como de fato fiz até parar a busca no quinto da lista.

O homem estava com o cabelo engomado e um nó de gravata maior do que o pescoço. A gravata provavelmente era do fotógrafo e fora emprestada para centenas de fotografados no estúdio que produzia retratos em 3 x 4.

O homem parecia dizer, com o cenho franzido: "Ai de mim". Era assim que ele olhava atordoado o futuro, indiferente sobre a utilidade do documento para o qual se deixava retratar. Mais do que isso, parecia perguntar: "Qual o propósito? De mim mesmo, qual o propósito? Para onde estou indo, sem nunca ter saído?". O homem me encarava, espantado, convicto da insignificância com a qual o tempo tratava os da sua estirpe, que só servia para tudo tomar, ano após ano, até que restasse somente a expressão revelada no documento.

Era uma da manhã. Aquela foto, com o rosto levemente inclinado e iluminada com técnica que não se usa mais — herança de antigas escolas de fotografia, em que o retratista tentava fazer arte em doze centímetros quadrados —, era de alguém que eu já vira, como se quarenta anos se descortinassem e eu tivesse certeza de conhecer aquele olhar.

Coisas atípicas aconteceram naqueles dias, e eu, tentando recortar a realidade como a boa ciência ensina, não encontrava nada de diferente em minha rotina. Nem tristeza nem alegria excepcional.

Não havia ganchos para justificar o transe que me provocou aquela foto em particular e as estranhas sensações que me acometeram. O fato é que eu não deveria ter mexido na caixa; seria melhor continuar fechada, porque havia algo, sempre houve, que ia além de papai.

Era raro demais eu sonhar com mamãe; nessa época, passei a sonhar diariamente.

Lembrei — ou julguei lembrar — de coisas da meninice que surgiam e das quais eu não havia recordado antes. Estava de alguma forma suscetível ao maior dos enganos, o das memórias daquilo que jamais existiu. Especialmente das coisas que fabricamos na infância, para nos proteger ou para dar sentido ao que vem depois. Memórias que jamais saberemos se existiram, muito diferentes daquelas em que alguém testemunhou conosco o momento e pode confirmar que não nos iludimos. Mas essas testemunhas vão se tornando raras quando se tem 48 anos. Com essa idade, não acreditava que pudessem surgir ainda revelações esquecidas tanto tempo antes. Mas elas aconteciam, e eu não tinha ninguém no mundo a quem perguntar se era verdade ou fantasia o que eu recordava.

Os sonhos com mamãe eram angustiantes, porque neles sempre estávamos em meio a acontecimentos que não se concretizavam e ações que ocorriam em eterna repetição. Entrava pela porta de uma casa e lá dentro descobria que estava fora de novo, e mais uma vez abria a porta e para chegar na saída... De uma maneira ou outra, tudo que fazíamos no sonho entrava em impasse, e ela, sempre perto do momento de acordar, me dizia coisas de papai que eu só entendia no final, que ela me avisara que nunca mais o encontraríamos, e eu, ao desobedecê-la, pagava agora o meu castigo. Sonhos sem graça, nos quais meu superego tentava bancar o ego. Mas, em algum momento do sonho, às vezes no começo, às vezes no meio — jamais no final —, eu sentia minha mãe presente e com atitude carinhosa; não chegava a me abraçar, mas demonstrava que estaria sempre ali, para me amparar, as mãos em suspenso ameaçando um afago com seu cheiro de terra molhada.

De novo, havia água. Começou por um fio em meio ao leito, acompanhando a curva que o rio fazia, que arrastava pedaços de terra rachada e provocava a fuga dos bichinhos que habitavam o fundo seco úmido, surpreendidos pelas águas que voltavam. Seres que voavam, se arrastavam, patinavam, enrolavam e se espichavam para sair do meio do rio que enchia, tantos pequenos bichos que escureciam as margens como uma sombra que vinha tumultuada em minha direção. A mancha se aproximou e meus pés procuraram refúgio para escapar dos incontáveis bichinhos que se infiltravam entre os dedos, subiam sobre o peito do pé, provocando formigamento, e logo começavam a subir pelas pernas. Não dei importância, porque eu queria contar logo para papai que havia, de novo, água no rio. Sacudi as pernas e fui procurá-lo. Sabia que ele estava dentro de casa, mas por algum motivo eu não conseguia avançar e insistia em chamá-lo do quintal. "Paaai, Paaai", ao que ele me respondia: "Diga, filha. Diga, filha". A cada vez que eu o chamava, ele respondia e sua voz parecia mais próxima, como se ele falasse a centímetros de meu ouvido. A angústia de ouvir sem ver crescia, e eu, desesperada, gritava "papai", enquanto ele respondia "diga, filha, diga, filha", e eu não o encontrava em lugar algum e ouvia tão bem sua voz, quando, sobre a superfície das águas, percebi uma bruma azulada, que parecia sobrepor-se à camada de água, como um rio sobre outro, e, ao me aproximar, vi borboletas farfalhando, todas fazendo vento sobre a superfície das águas, e meus cabelos esvoaçaram. Lava diáfana que se movia mais rápido do que a correnteza do rio e que foi se dissipando ao mesmo tempo que o rio secava novamente, restando uma única borboleta azul, que pousou em minha bochecha, provocando a sensação de uma agulhada suave, parecida com beijo inesperado, e sem saber direito onde estava, se com 48 ou 9 anos, acordei e ainda sentia a sensação na bochecha esquerda. E naquela semana em particular, em que sonhava com mamãe diariamente e em que novas memórias surgiam da época da infância depois que vi o retrato do décimo sexto homem da lista dos homens com o mesmo nome de papai, julguei, no limiar entre vigília e sonho, que aquele homem me assombrava, agora por inteiro no meu quarto, um vulto que me fazia pressentir o olhar estupefato da foto de alguém danado em dúvida eterna, defronte à minha cama, o vulto feito de sombra sólida na minha direção, e a certeza de que tudo se dissiparia quando eu estivesse em vigília; e, no entanto, esforçava-me para não despertar completamente, ficando mais alguns instantes em suspensão, no mundo das memórias incertas e dos encantamentos, que era onde eu queria continuar um pouco mais.

Algumas coisas passam com suavidade, e assim foi essa fase de estranhas visagens em que eu fazia questão de não racionalizar, com a sombra do homem me visitando vários dias e o surgimento de novas lembranças, uma delas, intensa, e que eu não conseguia distinguir se rememorei a partir de um sonho ou se tive a recordação no momento, breve, em que estava prestes a dormir. Eu brincava no sítio quando um homem de chapéu se aproximou sobre um cavalo alto, da maior altura que eu já vira, e junto a ele dois outros homens, em cavalos menores, ou seriam burricos? O sol refletia nos entalhes de prata, e só nesses detalhes feitos de reflexos eu me atentava, sem me aperceber do que se passava ao redor, minha mãe curvada em penitência e implorações e meu pai partindo novamente, só que não estava sozinho. Estava com esses homens. E minha mãe ajoelhada no chão, entre terror e ódio, prometendo como vingança o esquecimento da terra e arrumando as coisas para partirmos, sem o intervalo de uma noite solitária entre nós. Nessas ocasiões eu me sentia como meu pai, esse pai velho que vivia comigo, porque minha memória parecia feita de ilusões, fantasias e, principalmente, fragmentos irreconhecíveis.

Entre nós dois, as incertezas que sempre acompanharão cada um daqueles que existem, porém, de maneira mais acentuada no nosso caso. Ele, por ter idade demais; eu, pela idade de menos quando ele partiu, algo que tornava impossível reconhecer a verdadeira história que minhas lembranças evocavam. Uma história que ficava emaranhada por lembranças incertas. Dos dois lados. Em parte verdadeiras, em parte contaminadas por preconceitos e medos tornados ocultos para que a vida pudesse ser suportável.

No começo eu quis enfrentar as contradições, ignorando os meandros e buscando somente o sim ou o não. Quando finalmente me coloquei no lugar de outro, aceitei que, assim como meu pai, eu tinha as mesmas limitações; vácuos feitos do afastamento e da fragilidade da memória. E cedi, aceitando que seria impossível esclarecer certas dúvidas, porque jamais seria nítida a diferença entre fantasia e memória. Sim, se eu desejasse, encontraria contradições, mas nunca as respostas. Embora as fantasias poderosas que um dia construí, ainda menina e depois adolescente, por mero hábito de anos de espera, me fizessem pensar naquela caixa de papelão, a busca havia terminado e eu deveria parar de pensar em coisas como estatística, probabilidade e, principalmente, contradições. Esse foi o meu esforço, minha concessão e meu aprendizado, quando, um dia, na França, decidi lançar para dentro o meu olhar. Recaídas acontecem, lógico. Mas eu finalmente tinha papai ao meu lado. Assim como chamá-lo de pai foi uma das coisas mais difíceis que me aconteceu, eu havia dado o último passo na aceitação, mesmo com os abismos da separação, chamando-o agora de papai.

quarenta e um

Anita veio, Anita partiu, Anita decidiu viver no Brasil com seu companheiro. Anita estava bem. Otávio se separou e se casou novamente.

Quando a vida parece pequena e pouca diante do que virá, mas imensa demais para o que já foi, entendemos que a maior parte de nossas presunções continha algo de infantil e que nossas idiossincrasias de crianças e adolescentes nos acompanharam mais do que gostaríamos de admitir. Um dos maiores sábios que viveram nesse planeta disse uma vez que, até os seus cinquenta anos, era-lhe impossível separar em seu espírito a criança que fora do velho que se tornava. Porém, aos 60 anos, sentia-se velho em uma acepção negativa e derradeira. Mas ele ainda viveu muito e muito ainda produziu. Eu já fiz mais de 50, e embora alguns velhos dissabores testem todo dia minha vitalidade e a disposição de viver, tenho pensado mais no passado, em particular nas coisas que envolveram mamãe e em tudo que Anita representa para mim.

Para ambas, eu poderia ter dito o quanto eram importantes para mim, e nos momentos em que as palavras faltavam, demonstrado com gestos explícitos o que sentia. Porque, é preciso reconhecer, o momento certo para dizer que amamos alguém não existe, e ele muitas vezes fica no passado, entornando o dispensário das oportunidades perdidas e a ilusão de que o inaudito para a gente é coisa subentendida pelos outros. Julgamos que os outros são capazes de compreender o que não dizemos. Eu sinto falta da minha mãe e sinto falta dela proferindo palavras carinhosas ou de um afago consolador. Mas eu era jovem e tola demais para dar o primeiro passo; eu, que fui tão corajosa para combater meu destino, não o fui para romper a barreira sentimental com minha mãe.

Com Anita foi diferente, eu era carinhosa, dizia que a amava, mas quando ela cresceu um pouco, deixei que as distâncias naturais que se formam nessa ocasião se aprofundassem, e por anos procurei não dar atenção à sensação de lacuna que eu mesma fomentava, quase que de forma consciente. Eu queria que ela germinasse suas próprias descobertas e escolhas e não desejava interferir. Porém, não atrapalharia em nada eu dizer mais vezes que a amava ou perguntar com maior frequência sobre seus sentimentos e conflitos. Ainda bem que Anita transformou-se em uma mulher, nesse sentido, esplêndida, e não durou tanto a omissão pela qual às vezes me condeno, porque, quando ela retornou da primeira viagem e disse que me amava, foi com tamanha naturalidade que tive a reconfortante certeza de que sua frase era atemporal e imortal, e de que temos uma relação que eu julgava impossível.

Surpreendo-me com a forma como enfrento os dissabores que parecem eternos e frente aos quais seria fácil me tornar alguém intolerante e irascível. Às vezes, dá vontade de agir assim, mas meus alunos não têm culpa do estado de coisas que herdaram. Isso não impediu que eu sentisse o estômago embrulhar sempre que os fatos deprimentes se sucediam, pródigos e constantes, mas prova apenas que estou viva e que, se me incomodo, é porque me importo. Meu desencanto, que parecia não importar a ninguém mais a não ser a mim mesma, me dava a sensação de que me tornava cada vez mais anacrônica e isolada, de que minhas posições eram inúteis diante da desolação. Era quase contraditório eu ainda acreditar na honestidade intelectual e achar que seria possível fazer algo de relevante.

Encontrei o ponto de equilíbrio me dedicando aos alunos e negociando com as universidades uma escala que me permitia ficar seis meses aqui e seis meses na França. Eu envelhecia — e envelheço —, e seis meses em um lugar era o meu máximo de tolerância antes que ficasse ranzinza demais.

Caio me acompanhava entre resignado, feliz e aborrecido. Reconheço que dá um certo trabalho — além de desconforto — mudar todo ano.

Quanto a papai, ele vai viver para sempre. Nos últimos tempos, passou a ler com mais frequência, e me espanta que não precise de óculos na idade desconhecida que tem. Os livros, que foram meus primeiros companheiros, são agora seus companheiros finais.

Caio insiste com frequência e de forma cada vez mais incisiva que é hora de parar. Eu jamais aceitaria parar, mas estou a ponto de concordar com um afastamento de um ou dois anos e fazer sua vontade: sortear lugares improváveis e começar uma viagem sem data para terminar.

Sei que devia isso a ele. Devo isso a ele. Em breve, terei que me decidir.

É hora de admitir que não tenho o controle que julguei ter. De aceitar que a precariedade das certezas é a única coisa constante e que, para uma menina a quem coube desde cedo escolher seu destino e que se iludiu em seu pretenso autoengendramento, é hora, finalmente, de abrir uma concessão para essa coisa furtiva a que chamamos tranquilidade ou paz e admitir que certos eventos, memórias ou desejos nunca terão solução e entendimento. Nunca.

"
Nocença ai sôdade viu
pai volta prás curva do rio

Elomar Figueira Mello

Esta obra foi composta em Sabon LT Pro 11,5 pt e impressa em
papel Chambril Avena 80 g/m² pela gráfica Paym.